Une saison de paix

Monsieur BAZIE Baya Blaise

Les vents plaintifs venaient d'embraser tout l'espace. Du Nord au Sud en allant de façon circulaire de l'Ouest à l'Est aucune tempérance de joie ne planait. Les trois quarts des 365 jours réservés n'étaient tintés que de remords. La course désordonnée impose à l'humanité la quête d'un répit sordide. Personne n'était dans le secret des Dieux à cet instant-ci. Une chose, une et une seule, retenait l'attention de tous. De quoi s'agissait-il ? Loin des autres planètes, le hasard rencontré à souhait dans cet écosystème permettait difficilement une lueur sur les éclats et sermons vécus sur ces dernières.

Une saison de paix

UNE SAISON DE PAIX

PREFACE
UNE SAISON DE PAIX

Bonjour et Paix à tout lecteur.

Une nouvelle fois, Monsieur BAZIE BAYA BLAISE veut mêler des mains tremblantes à sa plume alerte et féconde mise au service d'une imagination débordante.

Il nous mène sur la scène mondiale en pleine Crise : du jamais vue et entendue !

Devant chaque concession, le jour est feutré de galère avec un soir incertain pour les innocents qui payent le tribut d'une vie pitoyable.

Cette crise planétaire jamais imaginée continue de faire saigner davantage les cœurs sensibles

Les véritables raisons d'une telle dérive se trouvent résigner derrière les apparences immondes, les prestiges de gloires et pour certains milieux, la poursuite du développement personnel individualiser au détriment de la communauté.

Conscient de tout ceci, la créature que je suis, vient remettre son espoir entre pardon, réconciliation, résiliation, oubli de soi et don de soi pour son pays entier sinon le monde.

Selon l'auteur, une seule souffrance est une souffrance partagée dans le même environnement. Aucune célébrité ne vaut la dignité.

Ainsi, pour mener à sa perfection une unité harmonieuse autour de soi, l'auteur nous en livre brillamment page après page le petit secret dans un style de description des personnages et du paysage, toute chose fictive qui nous plongerait dans le réel.

Il demeure convaincu que le respect mutuel forge la sérénité sociale. Il évoque une nécessaire complémentarité dans une égale dignité et l'équité toujours renouvelée comme une source pour irriguer une réelle saison de Paix. Autant de vertus à cultiver dans la vérité et l'amour pour porter à son- sommet cette harmonie qui vivifie chaque âme et puisse.éteindre le dédain

Paix et joie à vous chers lecteur

Monseigneur Anselme Titianma SANON

Une saison de paix

I LES NUITS NOIRES OU LES TEMPETES DU TEMPS

Cette nuit-ci fut tourmentée par le poids d'une précédente canicule qui accablait toutes les tranches d'âge. Malgré la vulnérabilité de ces femmes enceintes aux courbures disproportionnées, en dépit des prérequis et la solidité les plus jeunes d'entre elles, subissaient atrocement ces aléas climatiques. Dans ce silence nocturne doublé d'un repos trompeur, Soromandi lisait calmement entre les lignes de ses soucis. Ce poids fut si lourd pour lui qu'il se réveilla physiquement et mentalement plus accablé que d'habitude. Sormandi pressentait quelque chose certes démesurée mais qui pourrait certainement bien se produire. Cette chaleur semblait lui prédire la survenue d'une probable tempête plus violente que destructrice. Elle lui rappela encore l'issue fatidique des précédents orages.

Selon les oiseuses spéculations cette grosse tempête inattendue en ses temps forts réveilla en pleine nuit profonde, les plus grands dormeurs permanemment accrochés à leurs nattes. Autant que ses frères et sœurs, Soromandi se posait toujours et machinalement les questions mêmes fussent des plus saugrenues sur les principales causes d'un tel désastre. Sans vouloir se contredire sur un phénomène aussi inquiétant et pour mieux s'en consoler, certains d'entre eux acceptèrent que seul le maitre de l'univers soit aux commandes et qu'en aucun cas, il ne s'agissait d'aucun sort. Quelques soucis semblaient ainsi être levés. Les indécis quant à eux, se contentèrent d'un désert d'idée pour se demander s'ils avaient, vraiment été abandonné par les Dieux. Par ailleurs, selon les plus raisonnés pour ne pas dire les hommes de foi les mieux assermentés, ce type d'évènement sinon une telle sanction ne saurait provenir directement que du Dieu vivant.

Soromandi après analyse, trancha intimement court que tous ceux qui pensaient de la sorte n'avaient pas du tout tort. Dans son grand silence, il poussa davantage sa réflexion et déduisit que toute sanction même fut-ce-elle divine exige toujours une explication. Toutes les scènes anecdotiques et historiques depuis la nuit des temps ont toujours été décrites de la sorte.

Cette perception du timide Soromandi traduit tout simplement ses inquiétudes. Pour cette époque tintée par un tourbillon aussi violent, d'énormes précautions et de prudence s'imposent conclut-il. Autant la nuit lui paraissait noire, autant lui semblaient, les cœurs de ses confrères humains. Davantage désappointé de constater, qu'au réveil, malgré la beauté des éclats du soleil, le fardeau des formes de déviances lui semblait de plus en plus lourd. Que faire face à un tel dégoût social en pleine expansion tant dans les familles, les écoles, les groupes sociaux que même dans les lieux les plus sains ? Soromandi totalement perturbé en si peu de temps se rebiffait dans sa petite coquille. Combien sont-ils ceux qui n'excluent pas les effets exogènes, climatiques, cosmologiques et éducationnels qui téléguident et dévient aisément le bon sens humain ? Plutôt que de continuer à se poser ces questions absurdes et sans issue, Soromandi s'en remettait aux bons soins de Dieu. Les lamentations quotidiennes, continuent d'assombrir inlassablement sa réflexion figée sur la quête d'un espoir. La frayeur de ce chamboulement était aussi partagée en silence par les autres habitants du local et prouvait la légitimité du choix de Soromandi. Niché derrière une décision d'impuissance, il réorientait fidèlement ses idées les mieux fertiles vers les conseils émérites relatifs aux préceptes du séjour de toutes les espèces humaines et animales sur terre.

Une saison de paix

Certes, il est très convaincu de ce que lui réserve son lendemain, mais la seule question de sa réelle mission sur terre demeure. Du reste, le rêve sur la gomme à effacer l'immondice humaine, le soleil qui continue de blesser les beaux yeux de ses adorateurs et l'enfer en pleine construction se poursuit toujours dans son imaginaire. Même profondément endormi, bâtir en triomphe et dompter ce silence pourvoyeur de loyauté et d'égalité sociale demeurent ses aspirations fétiches. Tout ce qui se dit sur l'exemplarité de soromandi est sans aucune preuve à cet instant. Seulement sa magnanimité intime est loin d'une folie. Il reste conscient d'une chose. Le rythme et la forme, du séjour sur cette terre ronde lui parait très éphémère et très limité dans le temps et dans l'espace. En pareille circonstance, à vouloir parler le bon sens exige de chacun qu'il remue sept fois la langue par peur d'offusquer.

Quelle grandeur d'esprit que d'éviter à travers cette pensée l'usure des âmes sensibles. Avoir pitié de ces vies déjà endolories sous le poids trépidant de ces violences multiformes qui traversent et s'imposent aux actualités du temps est mère de sureté. Comme une barque d'espoir égarée, Soromandi ne se lasse pas de rassembler les bonnes œuvres humaines dont la somme permettra de reconstituer cette saison de paix pour toujours et à jamais. L'univers de ces nuits noires héberge couramment d'échardes sordides qu'il s'efforce miraculeusement à assainir pour parvenir à ses fins merveilleuses. Une sorte de folie traversa son esprit stérile et impuissant. Il s'imagine le voyage vers le monde neuf mois durant à la traversée des péripéties dans un seul univers serein.

Une saison de paix

S'il lui fallait à cet instant-ci, aboutir à ce chalenge de rassembler tous les habitants de la terre dans ce seul univers imperturbable, la saison tant convoitée y trouverait ses repères. Si ce n'est que trop demander à chacun de déduire qu'après les neuf mois de voyage, sans aucune distinction des sanctions divines attendent au bout de ce voyage incertain de retour. Soromandi, égaré dans ces lubies de l'existence et des pratiques polluant la douceur du temps se laissait choir astucieusement dans les bras de Morphée. Même au plus profond de son sommeil, ces vœux restent les biens venus pour le bonheur du monde possible. Mais hélas ! le voyage de certains, s'est sans doute douloureusement passé ! Que dire des caniveaux assombris où gisent des fœtus abandonnés dont les mères subissent le courroux des coutumes et traditions reniées ?

Avec ses atouts d'ange, Soromandi n'en finissait pas de traverser sa nuit noire des pleurs dramatiques montés en écho pour ce futur lendemain sans mensonges qui attendait inlassablement chacun. Tout en scrutant ce silence immonde provenant des confidences infécondes façonnées autour des conjurations viles et il comprit que l'existence n'a point de limite. Il explorait toutes ces plaintes nées des plus petites cellules familiales jusqu'aux grands regroupements qui déjà perturbaient à distance le repos hypocrite de ses millions de nuits noires. L'enthousiasme et le courage de Soromandi à vouloir de tout temps modeler son environnement, l'enfoncèrent profondément dans la folle ambiance des cauchemars et rêves nocturnes.

Ces cauchemars qui l'etreignaint de plus, se rapportaient à cette jouvence déraisonnée façonnant le paradoxe angoissant et perturbant l'ocarina de midi sur tous les carrefours. Bien que dans un sommeil profond, Soromandi, comme tout être humain nanti d'un bon sens, est libre d'avoir la prétention de juger et même proposer des sanctions. Pourtant, sa vision paraissait certes noble mais semble beaucoup plus relever d'une pure utopie qui reste au-delà d'un rêve irréalisable. Soromandi s'apparente à une icône sinon, un visionnaire exemplaire pour, qui, voir sans en parler est similaire à une complicité démesurée. Pour lui, à chacun de retenir que le séjour, en si peu de temps sur terre se résume en une seule nuit et un seul soleil. Tout en se référant à l'histoire ou à la préhistoire, il aimait dire que les œuvres humaines ne changent point, elles se métamorphosent. Pour se faire, tout ce qui se trame au cours de cette époque est identique à la sanction divine infligée à Sodome et Gomorrhe. L'ère de la sagaie et de la lance a évolué pour devenir celle de la flamme qui lèche les murs et enfante les hécatombes. Soromandi virevolta instinctivement autour de lui-même, poursuivit son chemin d'exploration de son univers et émit un arrêt imaginatif. En une fraction de seconde il se remémora à nouveau les raisons réelles de cette perturbation de la saison de paix. Le monde entier sinon l'univers terrestre n'est-il pas en pleine destruction par l'homme ? Si tel est le cas, que deviendraient ces humbles et fidèles croyants qui ont toujours respecté tous les commandements de Dieu prescrits ?

Une saison de paix

Bien sûr, il le disait sans s'exclure, une chose semble échapper aux humains. Tout comme un souhait, il s'affirma haut et fort ! He ! bien dans la clémence divine tant vantée que louée, la raison et le raisonnement sont inéquitablement interprétée dans toutes les chapelles. Il s'interrogeait sur l'évidence réservée aux parias et athées de toutes natures qui alimentent le quotidien de leurs pratiques opprobres. Ce jugement de Soromandi excluant ceux-ci du bon sens humain est-il justifié ? Soromandi n'a-t-il pas subi par ricochet les travers de ce groupe ? Si tel a été le cas n'est-ce pas là une vengeance ? La vengeance peut-elle aider à construire une cohésion sociale et ou unifier un peuple ? Sauf ironie du sort, Soromandi est loin de cet état d'âme. Il aime juger fréquemment sur les faits stériles et destructeurs. La raison de Soromandi est simple et claire. A ses yeux et de tout temps, il percevait que les faits et gestes de Blédjé provoquaient fréquemment et offusquaient toute personne de bon sens et éprise de paix. Bien que souvent témoin oculaire des vertus de Dieu, ce dernier faisait toujours la sourde oreille. Apparemment pieux, Blédjé passait énormément de temps à évoquer les bienfaits des rituels d'une époque très récente. Il aimait fantasmer avec le paradoxe. Selon ses dires, une sècheresse venait d'être évincée par de grands sacrifices populaires voués à l'esprit des mânes dans une forêt sacrée. Au-delà de ce triomphe ancestral, lorsqu'il apprenait qu'un autre déluge s'annonçait éminemment,

Il ne tardait pas à se révolter contre le temps et l'espace. Blédjé devrait incontestablement souffrir d'une démence qui ne dit pas son nom. Comment en un temps record pourrait-on se dresser contre Dieu, créateur et maitre de l'univers, si ce n'est la survenue d'une aliénation ?

A vouloir imiter, l'homme automate fini par devenir son propre bourreau. Le manque de persuasion couplé à l'hésitation de cette puissance divine qui mérite de simples hommages, crée une béance dans la commodité du milieu

Une saison de paix

de vie pour tout être humain. Si ce n'est un trou de ses idées, Bledjé ignorait par moment le train de sa logique.

He bien !!! que penser des souffrances terrestres à foison ? D'ailleurs qu'était-il sinon de quel attribut se prévalait-il pour chercher à juger le train d'un univers dont le seul créateur possédait le pouvoir du guide. ? Alors mieux lui valait d'assumer s'il en était victime auquel cas, il lui était permis d'en être l'un des plus grands spectateurs jusqu'à son seul terme.

Rien qu'à voir l'avènement de cette grosse pandémie du siècle, il devrait à travers ce signe maléfique comprendre qu'il s'agissait tout simplement d'un signal d'alerte.

Pour les plus avertis, la grande psychose drainée par Une telle Créature serait-elle vraiment issue d'une société initiatique ou d'un laboratoire ?

Ce fut pour lui l'objet d'un perpétuel questionnement. La dérive de ce bon homme mérite d'être sérieusement rattrapée.

Le questionnement de Blédjé, oblige à se demander les réelles motivations de cette époque qui devient de plus en plus aussi turbulente. L'univers se métamorphose paradoxalement à rebours et contrairement au grand bonheur qui se vivait. La planète était à une époque si paradisiaque que grande fut la joie de nos premiers parents d'y habiter. En son temps, tous les enfants de la même génération, se comportassent délicatement comme l'initiation le prévoyait. Aucun jeune de cette gent actuelle, à l'image de Blédjé, n'osait frôler à la cheville d'un aîné pour le respect et la discipline de ce modèle d'initiation.

De nos jours, tous les bois sacrés totalement dévastés au prix du pain quotidien apostrophaient réellement une descente évidente de la colère des Dieux. En somme, au lieu des individus, cette tempête d'une intelligence assez subtile devrait épargner sans aucun doute, les mosquées, les églises et tous autres temples spirituels juchés sur les plus hauts sommets. Mais hélas ! Tous ces lieux de refuge et d'espoir venaient à cet instant d'être hermétiquement fermés du fait de ce et holocauste. Le ravage de la peste n'aurait fragilisé le tissu social de la sorte. He bien ! que dire devant ce défi imposé aux créatures de Dieu. Ce nom de grand malheur que porte cette pandémie de corona oblige et contraint même les plus forts du monde à se fléchir

Singulièrement, cette tempête obligeait toutes les franges sociales à y accourir comme un abri salutaire. Les veuves, orphelins et tous les autres désœuvrés y cavalaient rapidement de peur de se retrouver parmi les victimes emportées par ces torrents inopportuns et impétueux.

Comme par hasard, le souhait était pour certains de maximiser leurs gains aux détriments des déshérités. Parmi eux, figuraient allègrement les malfrats qui usaient d'un subterfuge, pour suivre les grosses gouttes de l'averse afin de mieux dépouiller les imprudents de la mêlée. Aussi habiles soient-ils, ces misanthropes acolytes indélicats, aussi rapide sera leur règne à l'enfer.

De tous ces phénomènes issus des constats imaginaires, Blédjé s'arrêta un instant. Grelottant d'un froid sauvage, il hésita mais fini par refuser de s'arrêter devant cette grande clôture fabuleuse. Comment un loup aussi féroce comme lui, pouvait-il plier l'échine devant un autre s'interrogea ce jeune si courageux. Si cette sanction réellement de Dieu, pourquoi épargner ces vieilles dites sorcières entassées dans cet abri ? fit Blédjé en secouant la tête. Combien d'âmes d'enfants, d'adolescent, de jeunes ou d'adultes ces sorcières n'ont-elles pas détruites ? Les populations de part et d'autre avaient bien des raisons soutenues de les chasser loin et très loin de leurs propres familles sinon totalement hors des villages ? Pour rien au monde, il ne saurait prendre ce risque de côtoyer le mal.

Pour lui Blédjé, vrai fils d'un grand féticheur bardé d'une protection mystique inégalable, ce grand centre de fortune ne pouvait donc pas être un refuge sûr. Malgré toutes ses amulettes, il jugea mieux de continuer sa course effrénée plutôt que de risquer sa vie en s'y rendant. Une autre idée lui vint à la tête qui le rappela d'une chose plus captivante. A quelques mètres de cet habitat maléfique, se trouvait sinon l'attendait son souhait le plus précieux mais bien plus risquant. Très stoïque il avançait incertain comme un aveugle à tâtons.

Brusquement, chemin faisant, il heurta à un fait insolite qui le retint instinctivement. Un frisson inopportun s'était emparé de ce corps frêle. La sensation de se sentir totalement anesthésier l'obligea à crier fort pour alerter ses alentours. Armé d'un courage surnaturel, il força de cheminer

Une saison de paix

sans aucune pointe de frayeur. Pendant qu'il se débattait ardument à sortir de cette situation, il vit une vielle dame, légèrement couverte d'une cotonnade qui frissonnait sous un arbuste.

Sous le poids de l'âge cette dernière paraissait physiquement fanée et affaiblie. Ses orbites s'étaient tellement approfondis que l'on se demandait si elle disposait toujours d'une acuité visuelle adéquate. À la seule condition que cet orage diminue son rythme frénétique ou alors s'arrête, cette vieille, si ratatinée restait accrochée entre la vie et la mort.

En dehors de tout autre risque accidentel que pourrait occasionner ce genre d'intempérie, elle semblait davantage la plus exposée aux branchages qui tombaient autour d'elle. En y réfléchissant, le jeune homme se demandait quelle, pouvait être sa contribution devant un tel forfait social ? D'ailleurs, il comprit que la solution à ce forfait était loin de lui. Du même coup, il se déculpabilisa en ces termes. Pour rien au monde aucune imagination même fut-ce la plus fertile possible ne saurait lui attribuer une telle responsabilité d'avoir fait ou non un geste salvateur en pareille circonstance. Cet embarra, désorienta sa décision.

D'un cœur vacillant, Blédjé, s'abstint de poser cet acte qui pourtant réduirait ses forfaits devant Dieu. Dure de caractère, cette souffrance n'était rien devant lui. Bien qu'il soit né d'une femme, il n'eut aucun sentiment maternel pour compatir au sort réservé à cette vieille. Il finit par ignorer cette réflexion de culpabilité pour éviter d'aggraver son propre destin. Pour n'avoir posé aucun geste salutaire devant un tableau aussi austère qu'inhumain est loin d'un évènement nouveau.

Tout en faisant la somme des méfaits subis, il conclut que le monde entier lui était redevable d'ailleurs de beaucoup de dettes morales comme physiques. Pour ce faire, il ne voyait en quoi, un fait social ferait-il l'objet d'une si préoccupante réprimande. A ses yeux, ce genre de scène paraissait très minime, paradoxalement à ce que laissait déferler le contenu horrible du registre quotidien dans le monde des humains. Ces dernières idées, certes le réconfortèrent pour sortir victorieux de cet engrenage sordide mais surtout parvenir à bon port.

Une saison de paix

Dans sa marche saccadée et ébrieuse, il avançait prudemment sous cette pluie battante, mais sa surprise fut plus grande. Loin de toute attente, n'eut été le branchage qui frôlait au-dessus de la rigole, l'eau l'aurait emporté. La vitesse à laquelle il s'y était agrippé, le ramena réflexivement sur les bordures du caniveau. Ouf ! se dit-il en ignorant les écorchures du tiers moyen de ses deux jambes. Ces lésions se seraient aggravées s'il ne s'était pas ceint de ses amulettes dodues aux multiples vertus sacrées.

Le respect et la discipline vouée à ces objets de piété lui ont été d'un grand recours s'imaginait-il. Heureusement pour lui, si, par plaisir, il s'était hasardé à transcender les interdits et les totems de ces amulettes, sa fin aurait été une désolation pour ses parents.

Après un grand soulagement d'avoir échappé bel, il observa cette rigole boueuse à la profondeur sous-estimée et s'en remit à Dieu. En dehors de toute autre suspicion, Capo n'excluait point cette vieille sorcière qu'il tenta d'éviter qui le souhaitait rapidement mort noyer. Mal lui aurait pris si jamais, il s'y était aventuré au point de lui accorder un service profitable.

Courageusement, il revint à l'affirmation de sa mère qui stipulait que les sorts restent toujours scellés selon le don de chacun. La brulure l'obligea à jeter un coup d'œil sur le saignement de cette petite lésion qui augmentait de façon saccadée comme s'il s'agissait de la rupture d'un gros tronc veineux. Tout était involontairement lessivé par les grosses gouttes de pluie qui descendaient.

Par prudence, il osa s'adosser au mur de cette villa qui attendait un visiteur imprévu. Avec un lambeau de tissu pris d'une bordure de sa chemisette, il posa rapidement un semblant de garrot avant d'engager son forfait. A travers une manœuvre magistrale, déverrouilla de force l'entrée du bâtiment puis accéléra le geste avec circonspection. Une autocritique le préservait toujours et lui fit ignorer ce que les autres diraient de lui un jour ou l'autre.

Très bien connu dans ses pratiques aussi dangereuses qu'imprudentes, une mélancolie quotidienne le rongerait toutefois qu'il n'y parvenait pas. Ce comportement était devenu pour Blédjé une habitude maladive. Stupeur et horreur le surprirent dès qu'il accéda à l'estrade. D'une oreille très fine et attentive, il auditionnait des chuchotements qui provenaient certainement d'hommes avertis. Très prudent devant cette vigilance, à pas de caméléon, il fit un retour en arrière.

La porte qu'il venait de forcer se trouvait déjà et rapidement réparée à la fois hermétiquement refermée à trois tours. A l'angle gauche de la véranda, était accrochée une hache protectrice, qu'il ne voyait plus. Se rendant compte de la gravité de la situation, il recourut aux mânes en réajustant ses amulettes.
Le temps de finir de les invoquer qu'un gourdin aussi lourd que puissant se déposa sur sa nuque pointue. Blédjé se réveilla en sursaut et secoua la tête. Il fut totalement et étrangement perdu dans ce scénario inimaginable pour un homme si épris de justice. Il se demandait s'il s'agissait d'une réalité triste ou d'un cauchemar.

Malgré la profondeur de la nuit et bien qu'étant chez lui à la maison, il se leva fit un tour dans sa chambre. Malgré le poids de la somnolence qui le tenaillait, il s'évertua à confirmer qu'il n'était allé nulle part.
A nouveau, pour s'en convaincre, il se tint encore debout et avança vers sa douche. Il s'assit, et s'imaginait quel type de maladie sordide serait-elle en train de s'attaquer à ses propres méninges à cet instant-ci ? Autrement, serait-ce une inversion du temps ou de l'espace qui annonce la fin des temps sinon le début d'une autre saison des astres ? Quel paradoxe se demanda Blédjé.
Lui, un homme aussi humanitaire ayant pour ambition de valoriser et de défendre les sans voix qui se trouve à un carrefour aussi ambigu. Pour quelqu'un dont le souhait le plus ardent et les vœux les plus sincères qui animent sa vie de tous les jours ont toujours milité en faveur de ce monde des déshérités telles que toutes ces vieilles femmes accusées à tort de sorcellerie.

Blédjé admis qu'il s'agissait de loin d'une réalité si bien qu'il se passa de ces idées saugrenues pour désencombrer son imagination. Au moment de reprendre le sommeil, l'envie d'uriner le tenaillait à tel enseigne qu'il sorti de sa chambre. De retour au lit, il s'accapara d'une brochure réconfortante et se mit à lire.

Peu après, Blédjé s'enlaça dans les bras de Morphée jusqu'au lever du jour . Au réveil, une chose lui trottait dans la tête. En pareille circonstance, recourir à un conseil lui paraissait d'une très grande utilité. Sa seule préoccupation de cet instant-ci, était de s'assurer de son choix. Qui de tous ses amis et connaissances pouvait bien faciliter l'interprétation de ce cauchemar ?

Avant d'entreprendre quelque chose ce jour-ci, la solution à ses craintes était pour lui plus qu'une priorité. De façon chronologique quelques noms comme Mathias, Josias, Josephe ou Zebedé se suivaient dans sa pensée. Tous ces noms lui étaient à la fois familiers mais opportuns pour résoudre son seul problème. Finalement, il s'agrippa à l'avant dernier nom. Malgré sa réserve et son hésitation, celui-ci serait l'idéal. Tout en s'appuyant sur quelques faits anodins sans aucune preuve évidente en rapport avec le fait actuel, il fit son choix.

Celui-ci est l'homonyme du grand prédicateur de pharaon de cette époque historique ou préhistorique. La maitrise d'une interprétation de rêves ou autres songes appartient à chacun selon ses aptitudes et son expérience. Pour, Blédjé, Mathias lui était *proche que tous les autres suscités*. A cet instant, ce dernier pourrait être en train de feuilleter les journaux à la bibliothèque locale du réveil.

Au contraire, pendant qu'il était attendu si loin, Mathias était gracieusement perché sur la colline du Gbafoudji en contemplant le parvis du beau musée historique. Sa décision et son choix étaient bien raisonnés. Cette contemplation de quelqu'un d'aussi abasourdi que lui, présageait un espoir pour une certaine réussite de sa sollicitation. Le lieu épatait déjà à travers cette plus grosse pierre entourée par tous les objets de culte et de divination.

Ce nouveau paysage lui paraissait si admirable qu'il absorba plus son temps au détriment de ses propres et principales préoccupations. Un appel inattendu retentit de son téléphone mobile pour désorienter encore une de ses précieuses secondes de distraction. Plutôt qu'un appel téléphonique, il s'agissait d'un message reçu. Très préoccupé à lire ce message sur l'actualité qui lui paraissait plus urgente, d'un clin d'œil furtif, il vit le nom de Blédjé s'afficher sur l'écran du portable.

Une saison de paix

Il sait une chose, c'est très rare que ce cousin essaie de l'appeler. Il y'a bien une explication sinon une forte motivation que, Blédjé choisisse de l'appeler de sitôt. Oh ! Certainement ce serait pour lui annoncer le triste évènement dont parlaient tant les journaux. Qu'il s'agisse d'évènement heureux ou triste, peu importe, l'entendre de l'intéressé vaudrait encore mieux que de s'appesantir sur les approximations. Pour confirmer et mettre à exécution cette idée, Mathias se plia immédiatement pour reprendre son téléphone.

Aussi peureux soit-il, une sourie par inadvertance sortie brusquement de l'amas des poteries et statuettes et parvient à l'effrayer. Sa peur était plus ou moins fondée dans ces lieux-ci, où surtout les reptiles étaient en plus grand nombre. Il eut plus de peur que de mal. Le constat de Mathias révélait un autre rongeur qui n'en valait vraiment pas la peine. Il découvrit une sourie rousse qui s'apparentait à la domestique.

Totalement découragé de n'avoir pas pu prendre son appel téléphonique, Mathias se demandait que venait-elle chercher dans un milieu aussi protégé. Sans aucune unité pour rappeler son cousin, il rapprocha son appareil téléphonique tout en espérant un nouvel appel. Bien que désappointé, Mathias se rassit silencieusement pour continuer à mieux contempler le décor du musée ou alors mieux comprendre la suite que lui réservait ce petit rat.

Ce dernier raton, dans sa turpitude courait à un rythme saccadé. Il allait dans tous les sens et continua sa course vers un panier encadré par quelques cornes mythiques trouées. Indubitablement son flaire si aigu ou son odorat très profond lui renseignaient déjà, de la présence des croquettes comme l'arachide dans ce beau panier artistique.

Pour avoir trop attendu, sinon par mesure de prudence, la sourie changea à nouveau d'itinéraire pour accéder aisément à sa pitance. Un instant après, dans un silence de chasseur rapidement averti, Mathias vit la souris refaire chemin en frétillant à un rythme incohérent pour regagner sa demeure.

Tout en épiant de part et d'autre, il paracheva ses appréhensions par la confirmation d'une présence dangereuse. Par un coup de chance, elle venait instantanément d'échapper bel aux griffes mortelles provenant de l'agilité d'un chat connu comme un véritable félin domestique.

Toute découragée, la sourie ne parvint ni à croustiller ses croquettes tant prisées encore moins assouvir sa faim. Enfouie sous les décombres des tableaux décoratifs en bois juxtaposés, la chatte attendait toujours silencieuse. Mais hélas !!! malgré sa patience le retour de cette proie venait déjà de lui échapper. La question lui paraissait certes saugrenue mais mérite tout de même d'être posée. Quel sens, sinon quelle destination donnée à la vie de tout être vivant sur cette terre, s'imaginait Mathias lorsqu'il venait d'assister à ce petit spectacle entre la souri et la chatte.

La sourie devrait évidemment se réjouir d'avoir échappé à la mort. Il poursuivi en se disant, pour combien de temps pourrait-elle bien durer, cette précieuse chance ? Instinctivement, Mathias très furieux contre cette bête, se rappela d'une fable inédite. Pendant qu'il s'évertuait à s'y attacher un appel téléphonique vibrât à nouveau.

« Bonjour Mathias » dit-il avec une voix enthousiasmée bien qu'étant très loin de lui. Le rythme et la vitesse pour rejoindre son cousin, était aux yeux de ce dernier, un fait nouveau. Dans l'ordre des choses et selon leur tradition, Blédjé devrait faire appel à Mathias pour être rejoint. Mais hélas la manifestation de tout besoin oriente toujours mieux les pas en direction de sa solution. Pour Blédjé comme pour toute autre personne ne pouvait être autrement. Pour manifester sa plus tendre sensibilité à l'endroit de son cousin, Mathias fit le premier pas et se dirigea vers lui. Tout en lui tendant une main amicalement fraternelle soutenue d'un sourire jovial très silencieux, il répondit d'un ton d'avance très compatissant. « Bonjour,

Blédjé ! ». En retour, Blédjé maintien instinctivement et longuement la main de son demi-frère. Les traits de son regard ne purent voiler sa tristesse. Face à cette mimique indécente, Mathias rajusta sa posture intérieure.

Il ne s'agissait pas d'un pansement béant mais bien plus d'une consolation dont il avait besoin. Les meilleurs ingrédients qui conviendraient à mieux détendre son cousin, passaient selon lui, par des arguments thérapeutiques adéquats. Sans émettre une hésitation ni une quelconque pointe d'humour pour amuser la galerie, Mathias se mit directement à son service. « Cousin ! Pour une première fois tu commences à m'inquiéter. Depuis très longtemps que nous sommes ensemble, sous réserve de me tromper je ne t'ai jamais vu si préoccupé sinon aussi inquiet. Avant toute chose, rassure-moi que je suis loin sinon très loin des causes si morbides qui te traversent tant l'esprit. Je sais très bien que durant ces deux temps-ci, beaucoup de rumeurs circulent à tort ou à raison sur plusieurs méfaits sociaux. Par prudence, je me réserve de te dévoiler ce qui a été dit à ce sujet avant de t'avoir écouté. Blédjé ce n'est certes pas un cadre de confession mais sois rassuré. Nous sommes ici dans un cadre serein et très confidentiel. Mieux, cela, pour insinuer autrement que nous sommes également à l'abri de tout autre regard indiscret en dehors du tribunal de Dieu. Par ailleurs, laisse-moi te manifester ce sentiment de joie.

Je suis très touché de m'avoir fait ce crédit d'une forte considération à travers une telle démarche. Surtout ne te dérange aucunement. Vas-y librement, Blédjé »

Vraisemblablement un tout petit peu libéré, Blédjé restaura son attitude. Sa locution tardait pourtant à s'activer comme s'il se trouvait devant un préau. Néanmoins, après un effort, très peu décomplexé, il jeta un coup d'œil de gauche à droite pour authentifier la sérénité des lieux. Cette attitude est certainement mère de sûreté comme le disait son cousin. Le risque passe pour ces temps-ci si rapidement qu'à la minute prête l'homme est toujours surpris d'être mis devant les faits accomplis. Ses précautions se justifient certainement par ce genre d'assertions, Blédjé après avoir avalé une gorgée d'eau, racla sa gorge puis enchaina tout en fixant Mathias avec un courage inébranlable. Pour une première fois qu'il était confronté à une si douloureuse péripétie se débattre pour en sortir, est une attitude légitime.

« Mon très cher cousin, la raison est très loin de tes appréhensions. Pour rien au monde une rumeur bien que négative ne peut en aucun cas brouiller nos relations cher cousin. J'en sais tellement que s'attarder sur des commérages du genre serait avoir du temps à perdre. Mathias, je viens vers toi avec une préoccupation qui me parait insensée certes mais nécessaire pour ma propre gouverne.

Il y a, à peu près trois nuitées durant lesquelles mon sommeil fut un peu perturbé. Durant ces nuits-ci, après des insomnies inexpliquées, mon petit sommeil de quelques heures, fut traversé par des cauchemars. Après réflexion, j'ai compris que ces phénomènes ne sont pas des faits de hasard. D'ailleurs, il m'est arrivé de faire fréquemment des rêves sur plusieurs tableaux emblématiques. Cette fois-ci, le scénario était si extravagant que je ne saurai le confiner dans ma petite mémoire. Dans mes hésitations, j'ai choisi entre toi et Zébédé quelqu'un qui sans doute m'aiderait à en sortir victorieux. J'ai bien voulu ne pas te déranger mais hélas ! Au-delà je voulais bien me passer de ces sornettes et même les banaliser mais devant la persistance de ma souffrance intime, le recours à quelqu'un comme toi m'a paru indispensable. Mathias, c'est bien l'une des raisons ou l'idée qui me pousse à te recourir pour converser. Pèlerin du désert, homme plein de charité venu pour les bonnes œuvres sur cette terre cher cousin, je ne peux souffrir que devant les constats funestes. Je ne t'apprends rien de moi. Néanmoins, sous réserve de me tromper, saches encore que je n'ai toujours pas changé. Je suis de ceux-là qui ont toujours rejeté les œuvres démoniaques offusquant la grande saison de paix et de joie sociale. De jour comme de nuit, comme un berger derrière son troupeau mon jeune cœur a toujours épousé la justice au corps suave. Mathias, ma souffrance s'explique par un paradoxe qui s'est abattu sur moi. De quoi s'agit-il dans les faits mon frère ? En réalité, j'ai seulement vu en songe des scènes très horribles et des faits indélicats. Je ne le dis pas pour plastronner mais c'est vrai Mathias. Je souffre amèrement de me trouver dans une scène aussi honteuse. Très mal en point, je m'imagine très mal d'être cité parmi les auteurs d'un cambriolage. Pire encore fut mon comportement : mon refus de porter un secours à une vieille dame solitaire sous une pluie battante. Ce dernier agissement m'a offusqué et a beaucoup plus heurté ma sensibilité. Quant à la suite, je retiens vaguement avoir échappé à un coup de gourdin sur la nuque. Face à ces espèces de cauchemars aussi inquiétant, je me suis posé plusieurs questions sur la probable signification ou interprétation que l'on pourrait en faire. Comprend que je ne me suis pas trompé de venir vers toi mon cher cousin ! Accepte que je sois très sérieux pour ce que je vous confies mais surtout, ne me prends pas pour plaisantin. Mathias, cette insistance est très sincère. Je sais que tu n'es pas un quelconque medium. Saches une chose, tu dois pouvoir m'orienter au cas échéant. Les interprètes des songes sont de plus en plus nombreux et tu devrais être parmi ceux-ci. »

D'un air abasourdi, Mathias totalement muet assistait son cousin déballer le contenu de ses soucis. Par ces temps qui courent, il émit une pause et continua à l'observer. Avec la surabondance de produits médicamenteux hallucinogènes il doutait fort bien que son cousin aurait certainement pris quelque chose du genre.
Le style utilisé pour décrire son problème humecta le raisonnement de Mathias qui devint encore plus silencieux.

Néanmoins, malgré sa perplexité sinon partagé entre le doute et l'exactitude, il fit violence sur lui-même pour se conformer à la parole de son cousin. Pour avoir été l'élu de cette considération, Mathias émis un sourire séduisant pour façonner un climat d'ambiance. Ce comportement fit son effet sur les rides du visage de son interlocuteur avant même qu'il ne commence à parler.

« Blédjé évite d'emblée de dramatiser ce genre de phénomènes. De prime à bord, le rêve ou songe encore appeler cauchemar est une manifestation, courante chez tout le monde. Sous réserve de me tromper, il n'a jamais été un évènement d'aussi inquiétant que tu l'insinue. Pour certains, le songe est un rappel des faits quotidiens qui proviennent tout simplement du champ de l'esprit humain. Blédjé, le champ de ton esprit relate des choses inconsciemment perçues et enregistrées dans un environnement quelconque. Je ne le dis pas pour te réconforter mais c'est ainsi. Pour t'en convaincre, demande à n'importe qui, il te le dira. Tout ce dont tu viens de parler est certes exécrable mais loin de la réalité. Si ce n'est une illusion, ce pourrait être une peur bleue qui t'anime., Blédjé, sort d'un tel registre qui continue d'assombrir ton destin et te rendre aussi décontenancer. Sois mentalement très fort et stable mais en plus, annule du paysage de ta conscience cet affolement infructueux. Je te connais et pour rien au monde je ne te prévois jamais dans un schéma de doute aussi opprobre que ce que tu viens de décrire. Soit rassuré, mon cher il s'agit tout simplement d'un rêve qui est très loin de la réalité des faits, Blédjé ne te rabaisse pas jusqu'à ce point. S'il te plait mets-toi au-dessus de ces astuces irréelles. Pour m'avoir accordé cette considération, j'ose croire que tu pourras certainement me faire une portion de confiance. Au-delà de tout ce que je viens juste de parler, je me permets de te proposer deux autres solutions à explorer. La première me parait un peu utopique, car il s'agit de recourir aux guides interprètes des rêves et tout autre phénomène hallucinatoires jusqu'au crises d'hystérie. La dernière solution se rapporte aux marchands d'illusion encore appelés charlatans. J'insiste, Blédjé, il s'agit des charlatans, des devins traditionnels et autres voyants. Sur cette dernière affirmation, c'est juste pour ironiser et blaguer avec toi mais que jamais ne te dérouter sur ta croyance. Pieux croyants comme toi et moi savons très

bien que ces gens dont je viens de parler ne sont que de purs usurpateurs de consciences. Blédjé, pour ne pas sortir hors de l'objet, tranquillises-toi pour mieux revenir à de bons sentiments plutôt que de t'attabler sur des craintes insensées. ».

II Le SANCTUAIRE DES AVOEUX

Pendant que Mathias parlait, il épiait avec souplesse l'humeur de son cousin. Instinctivement plein d'espoir, il déchiffra théoriquement l'effet de son expression sur le visage de celui-ci qui paraissait apparemment soulagé. Tout doucement, Blédjé pouffait d'un rire merveilleux attestant cette consolation. Serait-ce l'affirmation d'un contentement entier sinon d'un réel apaisement mental ? C'est encore à cet instant-ci que la souris repassa rapidement devant les deux conciliants.

La prenant pour une bête dévastatrice, Mathias ne voulut lui accorder une quelconque importance. D'ailleurs le souhait de chacun d'entre ces deux, allait toujours en défaveur de cette souris. Terminé entre les pattes d'un chat très habile au cours de cette minutieuse chasse était le vœu le plus précieux de Mathias.
Cette haine qu'il nourrissait envers la souris provenait d'une légende que lui avait racontée sa tante à un de ces jours sous une nuit étoilée.

L'unanimité a été faite de part et d'autre que parmi toutes les bêtes, la souris aurait été l'animal le plus sulfureux et démoniaque de la terre. D'aucuns le disaient librement sans aucune gêne. Elle aurait été la seule qui s'était farouchement opposée au projet libérateur de l'humanité en tentant de trouer l'arche historique de NOE.

D'ailleurs, semble-il que n'eut été la diligence et la perspicacité du chat, le monde aurait totalement disparu sous l'eau ne laissant aucune de toutes les espèces terrestres vivantes. Bien que mécontent de cette bête semi-domestique, Mathias finit par admettre que certains animaux ont été d'une grande utilité pour sauver l'humanité. Tout en acceptant cette clairvoyance, il fit immédiatement référence au chat. Cette chasse quotidienne de la souris dans tous les ménages n'est pas fortuite.

L'acquiescement de, Blédjé à cet effet en disait long. Malgré sa petite taille, si la souris a bien pu tenter l'extermination de l'humanité entière, il est certain qu'elle pourrait bien faire du Pire dans les ménages. Entretenir une hantise envers cette méchante bête est bien justifiée si bien que, posséder un chat est une mesure préventive efficace pour l'évincer définitivement.

Au-delà de ce que relatait Mathias sur ce ruminant, Blédjé quant à lui, aurait appris une autre chose non moins importante. De cette anecdote, la désolation qu'elle occasionnait fut apparemment petite mais paradoxalement plus décevante. Après avoir échoué une première fois devant l'arche de Noé, la souris revint à nouveau avec un autre scénario de destruction. Aussi sournoise fut-elle au lieu de se ranger, la souris décida à une autre époque récente de gruger le monde par la peste. A travers la dissémination d'une maladie aussi dangereuse comme la peste, elle s'était servie d'une nouvelle manigance. L'évènement fut tel que, la peur panique s'était totalement emparée de tous les habitants de la terre. Cette époque fut très cynique au point que l'hospitalité se faisait de plus en plus rare dans les familles. Par crainte d'en être une victime chacun se préservait au maximum possible de ce danger.

Bien qu'étant très loin de cette période, Blédjé eut très pitié de sa généalogie et de ses arrières grands-parents qui ont traversé une époque aussi maléfique. Quelque part sur la planète terre et au milieu des humains, il semblerait que la souris vivait en pacha. Sa domination était une scène très macabre et honteuse pour les humains. Car, là-bas, elle soumettait silencieusement toutes les familles à ses lubies en laissant une lésion sur chaque membre. A partir de cette domination, et au-delà de scarifier, elle choisit de se nourrir avec la chair humaine.

Ainsi, toutes les nuits, elle faisait la ronde et laissait sur chaque membre une plaie puante malodorante qu'elle avait plaisir à lécher pendant le sommeil. Cette pratique perfide était faite avec plaisir. Sans compter avec la magnanimité de Dieu, un jour, elle fut encore surprise et obligée de se résigner. Ce jour-là, elle ne fit pas attention à son désagrément qui se préparait. Au réveil sous un ombrage énigmatique, le soleil refusa d'illuminer la terre des humains durant un log temps.

Ce paysage fut pour la souris une réelle aubaine qu'elle utilisa sans repos. Pourquoi Dieu n'avait-il pas créé ainsi ce temps afin qu'elle puisse en jouir

Une saison de paix

autant qu'elle le souhaitait, fit-elle. **Dans cette contrée où la souris faisait la pluie et le beau temps, arriva un aventurier du désert qui marcha le temps que dura ce trouble atmosphérique. Cet aventurier, s'illustra comme un salvateur sinon un envoyé de Dieu. Chemin faisant, il reçut un chat, comme un précieux présent qu'il transportait dans son balluchon. Lorsqu'il recevait ce présent, plusieurs questions lui trottaient dans la tête. Néanmoins, il l'accepta avec une gratitude et eut l'intuition que, bien que petit, ce chat pourrait certainement lui être d'une très grande utilité d'ici la fin de son trajet. A son tour, l'animal se rangea silencieusement dans la monture du pèlerin. Après une longue marche, ils arrivèrent la nuit tombée, dans une contrée si verdoyante dans laquelle ils obtinrent un repos réparateur. Autant que le pèlerin s'imaginait, le chat quant à lui, y semblait le plus comblé. Quelques minutes après s'être assis l'étranger observa un fait non moins anodin. Il constatait que chaque habitant de cette contrée portait sur le corps une ulcération puante et très nauséabonde. Le choix des parties du corps pour cette répartition était fonction du genre ou du sexe. Ainsi, le pèlerin observa que ces lésions siégeaient au niveau thoracique chez les femmes puis dans le bassin chez les hommes. De peur d'offusquer son hôte par une curiosité décousue, il émit un temps avant de s'y hasarder.**

En réponse, celui-ci sourit d'abord avant de lui formuler une réponse sous forme proverbiale.

« A quoi bon tirer le cou pour chercher à voir une chose qui vient vers toi » ? Fut-il.

De façon très sage, ce dernier lui raconta que toutes ces taches sur les habitants seraient dues aux morsures de souris. De gré ou de force, les souris y régnaient en maîtres que personne ne pouvait contester. Tout en indexant le cimetière, il ajouta que ce grand champ insatiable n'abritait que tous ceux qui s'en opposaient.
Malgré tout ce temps perdu à lui faire ce récit, l'étranger insista sur une reprise pour mieux comprendre. Afin de faciliter cette compréhension, le chef de ménage, usa d'un langage sans élucubration pour ne point étouffer la clairvoyance du message. Pour s'en convaincre, il fit savoir à son étranger qu'il est discriminé par tous ceux qu'il venait de voir. Mieux, pour faire partie des leurs, il lui suffit de passer seulement une nuit pour mieux comprendre. Sans pour autant, le décourager, il le rassura de ne point s'inquiéter.

Une saison de paix

Loin qu'il s'agisse d'un fait insolite cette narration n'inquiéta nullement l'étranger qui avait son plan. Pour le convaincre il ajouta à l'endroit de son étranger que ce phénomène existait depuis très longtemps. Ce phénomène serait dû à un sort lancé aux ancêtres pour avoir désobéi aux commandements de Moïse. Cette reprise fut si digeste que le pèlerin se sentit au mieux possible à contribuer. À la vue de ces chancres si puants, il fut fortement abasourdi de constater qu'une simple souris imposait un tel châtiment à tous ces habitants innocents et impuissants.

L'étranger revint à la charge et promis à son hôte, un hôte qui fera disparaître toutes les souris de la contrée. Ce fut pour son invité au départ une blague. Sans vouloir polémiquer et pour mieux convaincre, il attendait un seul moment pour mettre à exécution sa décision. Cette noble mission éclaira davantage son esprit si bien qu'il comprit que son passage dans cette contrée n'était donc pas un fait de hasard mais une mission réellement salvatrice.

Avant de faire sa proposition, il s'assura auprès du chef de ménage, que tout ce qui précédait n'était que pour l'effrayer sinon le prévenir du risque probable. En retour, il eut la certitude qu'il s'agissait assurément d'une réalité triste dans cette contrée.

D'ailleurs peu importe la race, l'âge et la taille de l'étranger qui séjournait dans cette localité, une des conditions était d'accepter cette contrainte. Le pèlerin rajusta sa position assise, racla aisément la gorge et fixa son logeur. Ce dernier compris que derrière une telle attitude se trouvait certainement un message avantageux. Il se sentit obliger d'adopter une attention particulière afin de parvenir à ses fins. Aussi bref fut le message aussi enthousiasmé de joie fut son destinataire. D'un regard empathique doux et très rassurant, le pèlerin tranquillisa son chef de ménage.

Très patiemment, il lui confirma encore, être la seule solution définitive contre ce ruminant dévastateur dans cette contrée. Cette narration était si lente que Mathias s'imaginait exactement en quoi cette affirmation pouvait-elle bien se justifier. A une époque révolue, l'on aurait comparé de telles lésions à des balafres qui furent des signes distinctifs et rituels selon les localités. Pour Mathias, malgré les douleurs invalidantes de ces plaies, les souris toutes joyeuses étaient tolérées par ces habitants. Certes il en déduisit une contrainte sociale mais pas la peur de mourir.

Pour se consoler, il se fit une image sur la loyauté. Ces habitants, étaient d'une intégrité exemplaire sinon émanant d'une âme très sensible. Ceux-ci avaient toujours fait le choix de vivre dans la quiétude même avec les animaux les plus indociles possibles tels que ces méchantes souris. Bref, après cette brève évasion, il revint à nouveau dans la suite de cette légende assez émouvante.

*La nuit tombée, le pèlerin fit fermer toutes le porte et sorti de sa besace un chat très velu aux yeux miroitante de braises. Désagréablement surprises, les souris de cette concession furent totalement décimées à travers l'agilité du chat qui en raffolait. Cette nuit fut si douce pour tous les habitants de cette concession qu'elle passa très vite. Tous les occupants du domicile, enfants et vieillards, hommes et femmes passèrent un sommeil réparateur jamais égalé. A l'allure d'une trainée de poudre dans l'air, cette bonne nouvelle fut répandue de toute part au réveil. Selon les interprétations, un messager envoyé de DIEU serait venu du désert avec le remède contre ces dangereux rongeurs. Cette sanction divine contre ces rongeurs, les obligea à abandonner les mauvaises pratiques. C'est depuis cette époque que la souris se convertir rapidement à croquer les cacahouètes. La naissance des galeries trouve ici leurs explications car elles constituent une réelle cachette et leurs derniers recours. Contrainte au refuge, la souris ne pouvait que vivre ainsi de jour en jour. A partir de cette légende, autant Mathias que, **Blédjé** chacun était orienté à nouveau sur la moralité de toute œuvre ou de tout fait. Il n'est donc pas incongru de rapporter cette scène sur le paysage et le quotidien des humains conclut l'un d'entre eux.*

Une saison de paix

Mathias, toussa et se mit à contempler son cousin un peu décontracté sur une mutation aussi singulière. Il ne fit pas trop d'efforts pour rapporter sa perception sur cette légende aussi imaginaire se ramenant à la mésaventure de la souris.

Au même instant, **Blédjé,** *réfléchissait sur l'incivisme du monde animal et son influence sur celui des humains. La fuite en avant de certains humains serait due à une déviance du genre. Tous les deux s'accordèrent sur une même appréhension, celle qui rétabli le lien étroit entre toutes les autres espèces vivantes avec les humains. Mieux, ils comprirent et s'accordèrent sur ce fait inédit selon lequel, chacun côtoyait au quotidien la sanction divine selon ses faits et gestes. Au pays des humains, les voleurs, assassins, menteurs, escrocs, bagarreurs, gloutons et encore les aigrefins sont tous inscrits sur la liste des précurseurs du crime de la bonne moralité.*

Allusion ou erreur, **Blédjé** *totalement perdu, se demanda silencieusement si une souris pourrait aussi bien rêver comme les humains ? Sans se répéter, tout laisse à croire effectivement que chaque espèce de ce globe partage les mêmes défis que les autres.*

Aussi imaginaire que cela paraisse, cette similitude se dit et se vit à toutes les étapes de l'existence. Dans ce méli-mélo imaginaire les deux compagnons très calmement se passèrent de ce choix transversal pour revenir à l'essentiel.

L'idéal qui parait avoir étanché la soif de Mathias est d'avoir pu apaiser les inquiétudes de **Blédjé**. *Totalement plongé dans une réflexion vacillante entre doute et estime de soi, Mathias n'attendait qu'une seule chose. Peu importe la perte de temps consacrée à cet effet, son souhait était plus noble. Il s'attendait à revoir un nouveau personnage de* **Blédjé** *totalement désaltéré avec moins d'angoisse. Aucune réserve, rien n'obtint Mathias qui se résolu à relancer l'échange avec son cousin.*

« *Blédjé, j'attends ta réaction pour mieux comprendre. Un cauchemar est simplement un effet d'endormissement pas plus que çà. Ce phénomène physiologique ne doit en aucun cas troubler ta bonne humeur. D'ailleurs cela ne suffit pas à te priver de ton quotidien joyeux et si harmonieux. Tu ne trouveras personne sans songe à la seule condition qu'il n'est pas permanant. Blédjé, nos ambitions sont partagées et détends toi personne ne saurait te perturber. S'il te plait réveille-toi ! Prends les choses du bon côté. Malgré la laideur de la scène que tu viens de me décrire, saches qu'elle ne révèle pas la vérité. Je respecte ton jugement de la chose mais émets quand même une petite nuance avec ta propre nature. Blédjé, fais-moi l'honneur de te réveiller de ce sommeil qui n'a que trop duré.* »

Ce second conseil, réveilla effectivement Blédjé. Il donna l'aire d'un véritable guerrier très satisfait de retour de sa battu. La chronique des fables et légendes utilisé par Mathias a parfaitement renforcé sa récupération ou son réconfort. Bien que folle et parfois insensée, toute rhétorique comme cette technique de Mathias, loin de tendre un piège constitue une forte instruction. A tout bout de champ, ce talent de Mathias et ses enseignements sont porteurs d'une grandeur. Blédjé, très bien nourri de la fraicheur de cette consolation, se senti auréoler d'un climat très convivial. Plutôt qu'étouffer sinon confiner dans une pénombre de contrariétés il s'exhala en ces termes.

« *Mathias, les circonstances de la vie active animée d'une barbarie inimaginable qui traversèrent mon esprit aussi fragile que sensible ne pouvaient que m'affliger. Le soulagement, que tu viens de me porter, sans te cacher m'a franchement libéré. Tu viens juste de m'évoquer quelque chose de plus en plus courante et actuelle. Je fais allusion au second recours et précisément la sollicitation des mythomanes. Ce genre de pratique en rapport avec le sujet qui me concerne est incomparable. Mais en plus me semble très loin de ta seule vision que tu viens de m'expliquer. Je profite te dire que je déconseille toute personne même la plus abrutie soit-elle de recourir à ces machinations. Au-delà, Mathias je te rassure que j'en suis très loin et pour rien au monde je ne m'y hasarderai. Je te le dis très franchement, pas pour ne t'en contenter ni pour te jeter des fleurs. J'insiste sur le fait pour avoir entendu une pléiade de regrets subis par des parents et même des amis très proches que tu dois certainement connaitre.*

J'ai excessivement pris une partie de ton temps. Reçois davantage toute ma reconnaissance mon cher cousin. Je ne t'en veux pas de bien vouloir te demander intimement la réelle motivation qui m'a orientée vers toi. Le sujet est certes banal mais très complexe pour moi en ces temps-ci. En fait, pour avoir constaté la souffrance de ces vieilles entassées dans les centres sociaux, j'ai pris le risque d'y mettre fin.

Mon engagement s'est appuyé sur une situation véridique. De retour de ma balade, j'apprends qu'une de mes tantes venait d'être chassée innocemment du village pour fait de sorcellerie. Pour une raison aussi banale cachée derrière un tort aussi discriminatoire à l'endroit d'une vielle aussi sobre, mon âme tressaille d'une pitié. Quelle infamie Mathias pour ce genre de pratiques dites traditionnelles ? Depuis ma tendre enfance, cette vieille s'est énormément sacrifiée pour m'offrir ses soins affectifs.

*Pas un jour que l'on ait appris qu'elle émit un quelconque sévices corporel à aucun enfant de ce village. He ! bien Mathias, cette accusation est pour moi plus qu'un crime. Sans pour autant tout te dire, je m'en suis rendu compte bien que l'on ne pût m'en parler. Je sollicitai mon papa et maman de m'accorder une visite de cette tante avant de m'envoler pour l'aventure. Je ne sus par quel subterfuge que mes deux parents ont bien pu dérouter ma sollicitation. Mathias **! De toute séparation naissait toujours une mélancolie. Loin de cette séparation semblable à la mort, au divorce d'un couple, il s'agissait là d'une absence, d'un vide sentimental entre ma tante la plus adorable et moi.***

Quatre ans que dura ce si long séjour sous les tropiques. Dès mon arrivée, j'eu vraiment faim de retrouver cette dame aux yeux poupins et toujours souriante. Le secret de tout ce qui nous liait intimement, était sa tendresse, sa magnanimité, son altruisme mais surtout ses contes d'éducation très amusant. Mon frère, mon périple n'a peut-être pas fait la somme des attitudes de toute l'humanité, mais j'ai compris beaucoup de choses. En un quart de tour durant cette excursion, cette chaleur humaine est une particularité très riche chez nous.

Car sous d'autres tropiques, cette complicité affectueuse se fait très rare et donne l'envie de battre en retraite plutôt que de s'étouffer dans un individualisme stérile ou improductif. Hélas ! Mathias, ma surprise fut très écœurante et décevante devant cette digression d'un groupe d'individus certainement assoiffés du gain facile. Devant ce schéma enfantin, je m'imaginai être perdu dans un tourbillon réellement dévastateur sur une terre aride d'amour. Inadmissible d'apprendre que ma tendre et charitable tante soit méchamment accusée comme sorcière avant d'être finalement chassée hors de son village natal.

Très révolté par cette attitude funeste, j'ai jugé utile et indispensable de venir à son secours de quelque manière qui soit. Le jour où je me suis permis de rendre visite à celle-ci dans le centre social, mon amertume fut plus amère qu'étant à une distance d'elle. À la vue de son état physique, j'eu des vertiges qui m'obligèrent à m'asseoir. Larme aux yeux je pris ma tante dans mes bras qui à son tour tremblait sous l'effet d'une adynamie énigmatique. Serait-elle affamée ? Malade ? Ou pour une autre raison ? Je ne savais quelle souffrance avait bien pu l'affaiblir jusqu'à ce point.

Parmi toutes ces personnes désœuvrées aperçues sur ce site, il n'y avait seulement que des femmes d'un âge très avancé. Devant un tableau aussi lugubre je me senti davantage égaré et emballé dans un remue-ménage inadmissible. Mon imagination était totalement confuse à la recherche des véritables raisons utilisées pour ainsi accuser une maman aussi innocente.

Ni mon père ni ma mère et personne d'aussi proche ne put répondre à ce questionnement qui ne finit pas toujours de me tenailler. Mathias, sans trop oser, j'admets que certaines de nos coutumes sont souvent taillées sur mesure. Ce choix traditionnel n'a jamais été fortuit. Il est fait franchement pour quelque fois servir les intérêts personnels individuels et égoïstes.

Mis dans un état d'âme les humains se frayent toujours un passage vers la gloutonnerie et non vers la probité. Plus l'on est socialement faible, plus il constitue une proie pour les autres. Regarde sur ce site, il n'y a que les vieilles femmes sans protecteurs à être les vrais pensionnaires de ce centre.

Je parie et mets ma tête à prix de prouver réellement le contraire de l'innocence de toutes ces mères abandonnées. Je dis cela pour une raison très fondée. Après l'avoir rendu visite par la suite où nous parlâmes assez longtemps, quelques révélations ont confirmé cette assertion.
Selon elle, deux raisons fondamentales soutiendraient son congédiement du village. La première qui semble plus plausible, était une question de sentiment. Le prétendu devin chasseur des mauvais esprits, lui aurait fait des avances qu'elle refusa. Des années-lumière plus tard, revenu de son aventure d'où il ramena ce fétiche et aussi rancunier fut-il qu'il orchestra cette avanie sur elle.

Sans mot dire et laisser à elle seule, ma douce et magnanime tante s'en alla silencieuse vers cet horizon incertain. Toutes ses amies et confidentes les plus proches depuis son bas âge, l'abandonnèrent non pas avec regret mais libérées des mains d'une si puissante sorcière. Mathias ! Quelle versatile esprit humain de se voir abandonner ainsi à la vindicte populaire ? La seule chose qui intriguait Goyiré le féticheur, fut d'avoir constaté qu'elle eut choisi d'épouser un étranger. Ceci au détriment d'un homme aussi viril que puissant comme lui Goyiré.

Ce dernier apostrophait toujours que cette manière n'était qu'une injure à son endroit. Echoué de façon drastique devant ces rivaux étrangers qui même en songe n'osaient se comparer à lui simulait tout simplement une moquerie inimaginable. Aussi facile a été cette trahison utilisée pour lui retirer facilement cette belle et séduisante conquête, sa décision devrait en être autant. Pour se venger il se mit à une œuvre farouchement démoniaque comme celle-ci. Il lui fallut un mensonge qui ressemblait à la vérité pour mieux désorienter toute la communauté.

Mathias, le jugement dernier nous fera voir du tout. Quelqu'un du domaine me disait ceci « Qui veut être mythomane, doit savoir construire l'espoir. Autant que tout voyageur doit savoir préparer sa monture, celui-ci doit préparer sa chute dans le néant. ».

Ce qu'il disait semble soutenir la seconde raison qui se rapporte purement à l'ignorance des populations de ce village. Ma tante bien qu'à cette époque n'entretenait aucun rapprochement avec les prestataires de soins, aurait entendu sur les ondes radiophoniques que tous ces décès étaient dus à une résurgence des maladies à potentiel épidémiques.

En son temps, l'inquiétude grandissante rongea énormément chaque concession. Il ne se passait de jour ni de nuit que des pleures et lamentations de tristesse montassent et remontassent par endroit. Toutes ces maladies très contagieuses, de passage ravageaient toutes les tranches d'âge les plus fragiles et vulnérables. Mathias ! soit seulement présent. Je ne fais pas allusion à cette pandémie de notre époque dont la psychose n'est plus à démontrer. Les maladies de cette époque assez révolue étaient toutes saisonnières aux dires de ma tante. Elle me confia que seule la virulence de ces maladies épidémiques créa d'énormes troubles dans les esprits au point que toutes les supputations étaient admises.

Les thérapeutes locaux furent à l'époque l'objet de certains recours. Plutôt que de concilier sinon apaiser, les parents affectés et affligés, ces derniers profitèrent de cette panique généralisée. C'est à ce prix qu'ils usèrent de l'excès de confiance pour semer le doute et la méfiance inter communautaire qui l'obligea à s'isoler. Mieux, elle eut la vie sauve grâce au secours de certains de mes amis du village. Dans cette brouille certaines vieilles femmes accusées à tort comme elle, furent lynchées à mort et jetées à la hâte.

Une saison de paix

*L'attachement de cette pauvre et innocente m'a obligé d'entreprendre cette démarche très conciliante pouvant la ramener au village. Il n'y eut aucune facilité dans l'approche. He bien ! Mathias, il m'a fallu obtenir le soutien de toute la jeunesse la mieux éclairée pour y parvenir. Lorsque nous approchâmes le vieux forgeron du village pour lui soumettre notre requête, celui-ci fut très enthousiaste et bien déterminé à notre cause. De prime abord, il confirma que ce village n'a jamais enfanté de sorcier. Il retient une seule chose. Appartenir sinon être issue de cette agglomération rime toujours avec **loyauté, fraternité, partage du bon sens et au-delà l'oubli de soi pour les autres nous dit-il.***

Ce fut une opportunité pour lui de s'ouvrir davantage à nous. Il ajouta que son indignation est partie de la prolifération de toutes part de certains marchands d'illusion. Pour conforter notre vision, il conclut que cet amalgame du village est parti de ceux-là qui créent leurs fortunes sur la division des fils d'une même peuplade.

Mathias, réellement, nous apprîmes beaucoup avec ce dernier. Pour ironiser, il nous fit savoir que l'on ne devrait connaitre le nombre exact de ses enfants avant le ravage d'une maladie à l'époque très meurtrière comme la rougeole. Malgré l'insistance des prestataires de santé qui dans leurs messages invitaient les populations à faire vacciner les enfants, certains malins et très ignorants continuaient à les cacher dans les greniers. Heureusement Mathias, avant l'un de ces jours, le féticheur qui montait la population contre les vieilles femmes du village fut pris la main dans le sac.

Ce jour-là c'était sous la huée du village que lui-même si puissant fut chassé à mille pieds du village. Qu'avait-il fait exactement Mathias ? Etant donné qu'il se faisait passer pour l'homme qui défiait toutes sortes de maladies, il reçut une jeune fille souffrante d'une méningite. Quelques jours, après l'avoir mise en quarantaine loin des autres malades, il décida de l'approcher de sa case sacrée. Incantation sur incantation, il déduisit à nouveau qu'il s'agissait de l'œuvre luciférienne d'une autre sorcière.

Par coïncidence heureuse pour cette malade, un de ses frères pétris d'une expérience en santé, diagnostiqua devant tous ce monde très curieux, une méningite. Contre le gré du féticheur, **il la** fit évacuer dans un centre de santé le mieux équipé possible. Pendant que le féticheur continuait et persistait de faire croire qu'il s'agissait de l'œuvre d'une sorcière, il reçut des éclaircissements contraires. Deux semaines après, être admise pour des soins médicaux, la malade, revint au village totalement guéri.

Le féticheur vit en cela un affront si bien qu'il mijotait une autre ruse pour revenir à la charge. Au même moment, un déclic s'installait parallèlement dans la pensée de la population sur la suite réservée au crédit qui lui était accordé en tant que sauveur. C'est à partir de cet instant pathétique que tous enclenchèrent leur méthode de renseignement et de surveillance. Ce semblant sinon fameux féticheur était un ancien larron reconverti pour échapper aux forfaits pour lesquels il était recherché.

Tant ses plans et ruses étaient copieusement alambiqués que seuls des professionnelles ont pu l'en extirper. Je crains fort de te faire perdre ton temps sur des choses plus ou moins insensées. Mathias, tout ce que je te raconte a un lien évident avec mon cauchemar. Ce cauchemar a retracé trait pour trait les faits dont je viens de faire cas. Tout au long du scenario j'ai été beaucoup inquiet pour avoir aperçu une vieille ressemblant à ma tante que je décrivais tantôt dans mes explications.

Pour terminer sais-tu que ce malfaiteur continue de dormir dans une geôle. Sa monstruosité était très outrancière. N'empêche, peu importe la taille d'un acte incivique il est toujours socialement dédaignable. Quand il fut auditionné par les forces de sécurité, malgré son entêtement à mieux mentir

Une saison de paix

pour se déculpabiliser, il ne put se dérober. Sa désillusion fut très saumâtre lorsqu'il se trouva devant ceux qu'il avait spoliés.

Un de ses complices a été ramené d'un pays voisin où ils avaient tous fait fortune. Il fut contraint à tout dire sans aucune réserve. Dans ses révélations, il avoua en âme et conscience qu'ils ont cherché à blanchir une grosse somme d'argent extorquée d'une autorité de la place. Se sentant, tous recherchés de part et d'autre, chacun usa de sa pyrotechnie pour échapper à tous ces pièges tendus par les hommes de sécurité.

De par quel subterfuge s'agissait-il en réalité et de façon tangible ? Mathias ! Le fameux thaumaturge était réellement la tête de proue.de cette équipe de malfaiteurs.

Le dernier complot portait sur la falsification des billets de banques. La manœuvre était parfaitement orchestrée pour abuser sérieusement d'un véreux commerçant qui tenait coûte que coûte vaille que vaille à augmenter sinon fructifier sa fortune. Il n'y avait rien de facile pour parvenir à contrecarrer le plan de ces délinquants.

A travers un dispositif très bien mûri, ce commerçant était totalement acquis à leur cause. Cette dépendance était facilement perceptible de par son empressement et sa prestance à vouloir solder les rentes de ces complices du diable. Toutes les scènes passaient inaperçues. Ils parvinrent à soutirer de ce riche commerçant la somme de cent millions de nos francs. Ignorant qu'il fut, son espoir grandissait à l'attente d'une plus grosse fortune selon ces arnaqueurs.

Pour endormir davantage son aliénation, ces fourbes le mirent dans une posture plus embarrassante. Ils avaient savamment orchestré, le dispositif pour non seulement, mieux l'assouvir, le convaincre mais surtout éviter leur échec. Etant donné qu'il s'agissait d'une proie facile ces malfrats expertement doués, endormir rapidement leurs victimes paraissait très facile. C'est sans doute qu'à partir de ce mauvais talent qu'ils parvinrent finalement à le dompter pour de bon.

Très enthousiasmé et de façon consentante, la victime fut totalement ramollie au point de ne plus pouvoir se contrôler et fini par verser la cagnotte qui lui était demandée. Sous l'effet des tortures et des sévices corporels auxquels, ces voleurs furent contraints de l'avouer haut et fort. Un fait banal d'aussi amusant qu'un jeu d'enfant.

Aux dires des gens, la scène fut aussi rocambolesque qu'elle parut inadmissible à décrire dans tout environnement même le plus dévergondé possible. La victime fut mise à l'épreuve juste pour satisfaire la lubie de ces voraces escrocs du temps. Totalement nu comme un ver de terre, ces pillards le conduisirent au fond d'une case ronde hermétiquement fermée.

Lorsqu'il entra, il aperçut une décoction malodorante qui devait lui servir d'eau de toilette et de boisson. Après s'être frotté tout le corps avec la potion magique contenue dans une grosse calebasse toutes noire, il fut soumis à une autre corvée. Pendant sa toilette quelque chose d'assez biscornue se produisit.

Totalement nu dans un milieu aussi lugubre, ses cheveux frissonnaient de peur. Un intrus passait librement dans son dos pour tâter ses gonades qui naturellement balançaient entre ses jambes. Loin d'un humain qui s'adonnait à ce jeu, il s'agissait d'un singe. Toutes ses grimaces faites autour de toute la discrétion du richard furent immortalisées à son insu.

Toute cette manie s'expliquait par la présence de caméras cachées à l'intérieur de la case que personne ne pouvait bien découvrir. La suite réservée au véreux commerçant pour obtenir le maximum de fortune était conditionnée à une dernière corvée. A l'intérieur de cette case se trouvait cacher un singe qu'il lui fallait débusquer saisi en toute sérénité mais le laver avec le restant de la potion magique. Ce scénario devrait bien se faire sans bruit ni murmure encore moins une quelconque hilarité qu'aucune oreille même la plus sensible ne puis entendre. Au-delà il fut encore contraint et astreint au silence jusqu'à son domicile en fin d'opération. Au cas échéant, il serait tenu pour responsable de l'échec de l'opération.

Ainsi, à sa sortie de cette case, il ne parla à personne avant d'arriver chez lui à domicile. Il fit l'effort de tout mettre en œuvre pour la bonne cause. Tout gai de pouvoir moissonner conséquemment, il s'en délectait Intimement sur tout le long du trajet. Dès son arrivée à domicile, sa surprise fut tout autre. La présence d'une lettre anonyme venue de nulle part se trouvait sur son chevet. Sans faire allusion à ce qu'il attendait et sans hésiter, il l'ouvrit prestement.

Il sentit un coup de foudre à travers ce qu'il venait de découvrir dans cette lettre. Aussi inimaginable que cela paraisse, de voir sa personnalité avilie jusqu'à ce point, en se voyant poster nu comme un ver de terre sur cette photo n'est qu'une œuvre démoniaque. Pire, même en songe, il se demandait dans son for intérieur quelle pourrait être la circonstance qui le mettrait dans cet état de nudité avec ses couilles dans les paumes d'un singe. Un jeune babouin en train de tâter de part et d'autre son phallus et les deux gonades si précieuses. Il s'imaginait davantage sur la source probable de ce genre d'intrigues. Il s'assura discrètement de n'avoir pas été épié par une tierce personne de son entourage. Sous l'emprise totale de cette déception, il se mit de nouveau à gesticuler et à secouer la tête. Pire, il aperçut dans l'enveloppe un message aussi menaçant qui aggravait son état d'âme. Le message en question stipulait que l'affaire dont il était question était close sous peine de voire publier ces images dans les journaux de la place. Offusqué dans son amour propre, il rebroussa chemin pour mieux comprendre.

A l'arrivée, il vit le vieil homme stoïquement assis sur son canapé comme si rien ne s'était passé. Lorsqu'il introduisit sa requête, ce dernier lui ressortit la même lettre. Sans chercher à le décourager, il lui dit de rentrer calmement chez lui, pour éviter le courroux des génies. Car certainement selon lui, ces êtres extraordinaires ne tardent pas par moment à se fâcher. Au-delà c'est certainement lui qui a dû se comporter indécemment.

Très outré et ne sachant que faire, le monsieur en question a dû se donner la mort. C'est dans l'investigation des causes probables d'une telle pratique que les agents de sécurité ont retrouvé cette correspondance dans ses archives. Devant cette grosse fortune ces deux grands détrousseurs croyaient pouvoir corrompre aisément ces loyaux et dignes fils qui veillent et continuent de veiller sur leur dignité.

Leur probité nourrie quotidiennement par un serment oxygénait l'équité sociale et de ce fait les éloignait de mœurs douteuses. Devant ceux-ci, toute tentative de corruption est signe d'un refus de sa propre identité. Sans doute que cette interpellation de ce féticheur, est une sanction divine telle que souhaitée par toutes ces vieilles qu'il a torturé selon son gré. Bien que brimée, ma tante dans ses prières a toujours souhaité qu'un cœur de repentit lui soit donné. Ce malhonnête homme récolte seulement une petite portion de son déshonneur, et le reste de son temps lui sera accordé dans le pardon. Alors qu'il en soit ainsi Mathias.

A l'heure où je te parle, ma tante est la mère fidélisant de tous les enfants de mon village. Elle veille et continue de veiller sur la vaccination de tous les enfants avant leur premier anniversaire. Chaque jour que Dieu fait, elle marche d'habitation en habitation pour s'assurer qu'aucun d'entre eux n'ait été oublié. Depuis lors aucune femme de ce village ne fut encore chassée pour sorcellerie ou tout autre cause. Toute ma crainte de ce cauchemar résidait seulement en cette maudite époque »

Une saison de paix

*Mathias, resta totalement éberluer sinon tétaniser. A écouter attentivement ce que lui racontait **Blédjé** il comprit gracieusement que celui-ci avait vraiment raison de s'inquiéter. Dans l'imaginaire, il se mit à la place de **Blédjé** et compris qu'une telle épreuve l'aurait ébranlée de la même manière. Certes il a joué sa partition en formulant des conseils apaisant son courroux mais eu tout de même une bribe de rancœur.*

Sa médiation lui défendait de prendre parti. Pour ne point être meurtri par ses soucis Mathias avait pour devoir de tout mettre en œuvre, pour totalement débarrasser toutes sortes de souillures de l'esprit de son cousin. Un questionnement silencieux passait de façon voilée dans sa petite tête.

Mathias se demandait comment y parvenir ? Très rapidement, il revint instinctivement aux conseils les plus commodes reçu d'un de ses doyens. Selon ses souvenirs, ce dernier lui rappelait toujours qu'à beau vouloir être une référence instructive est un mérite mais le mérite qui fait de toi un guide social est une grandeur morale.

Mathias renchéri profondément en disant que l'on dans son réel n'est utile qu'à ses actes plutôt qu'à ses paroles. Tout en l'imaginant ainsi, il se projetait sur toutes ces images quotidiennes aussi laides en formes qu'en fond. Il ne lui restait qu'à faire croître le bonheur et la quiétude dans cet esprit aussi juvénile de son cousin. Dans un univers aussi chargé de tant de remords semble contraindre Mathias à édifier par son potentiel éducatif et ses perspectives en faveur du civisme.

Après avoir longuement mûris sa réflexion sur tous ces privilèges Mathias souhaitait se faire un portrait qui devrait obtenir le crédit social à même d'édifier en acte et en faits. La beauté du site a dû favoriser cette inspiration de ces deux congénères. Malgré le calme qui accompagnait les épreuves de **Blédjé**, *une pleine satisfaction se lisait sur son regard pour avoir extériorisé toute sa torture intime.*

L'on apercevait ces remords en putréfaction comme enfouis dans une fournaise qui fondaient une fois extériorisées. Du reste, quel autre effet pouvait-il attendre pour mettre en exergue cette libération qu'il venait de vivre sur une si petite scène. D'ailleurs comment parvenir à illustrer cette algarade aux yeux de ceux, qui de loin comme de prêt, venus les écouter en sont des victimes ? se demandait Mathias.

Spontanément dans sa mémoire, il fit une projection sur la ronde autour de ces embuches semées par les hommes contre leurs semblables sur chaque carrefour. Il finit par admettre la ressemblance avec l'anecdote relative au chat et la souris. En définitive, Mathias et son cousin prirent l'humanité entière à témoin pour ces affres sous plusieurs formes.

Pendant cette réflexion silencieuse, Mathias savourait le contenu de cette animation facilitante issue d'un tel conciliabule. Chacun d'eux s'affairait à *compléter ce beau tableau sous une autre forme. De toute évidence, **Blédjé** y avait mieux récolté. Son embarras avait une réelle orientation surtout se sentant troublé par ce désagrément familial sans savoir ce que faire. Sans être égaré l'écosystème n'était pas en reste pour Mathias.*

Pour ce faire, il s'imaginait ce que représentaient les autres germes infectieux dans l'environnement. Au moment où la modernité s'acharnait à nous sortir de ces bourbiers, nos traditions dispersaient à tort ses fils.

Par-dessus toute considération, Mathias finit par déduire que si sorcier il y'a c'est bien ces gites larvaires de moustiques entretenus devant les concessions. A cela s'ajoutaient, les parasites et les bactéries cultivés dans les alimentations et les comportements néfastes.

Plutôt que de créer un environnement sain, d'adopter des comportements inoffensifs et commodes, Mathias soutenait que s'en prendre innocemment à ces groupes socialement vulnérables n'était qu'un grand recul. Bref, que dire de plus à son cousin sinon le complimenter pour cette belle primeur d'avoir réussi à ainsi libérer sa tante.

*Très rapidement, cette page fut close si bien que **Blédjé** et Mathias se lancèrent dans certaines prospections actuelles les plus préoccupantes.*

La question de recherche d'emploi semblait habiter sérieusement tous les esprits. Cette contrariété était d'actualité sous tous les cieux. Tous les deux acquiescèrent que chaque jour, la bande juvénile en souffrait et ne savait à quel saint se vouer.

Une saison de paix

Aussi positif qu'ils parussent, ces collatéraux se projetaient d'appartenir à cette élite qui bannit l'injustice sociale. Plus que des voyants, l'espoir grandissait quand même sous l'irrigation d'une foi inébranlable. Mathias aimait à revenir sur cette éphéméride du partage et de la multiplication du pain dans ce livre saint tant aimé. He bien il s'était toujours campé derrière une volonté divine selon laquelle personne ne devra dormir avec la faim.

Mais hélas ! Ces humains qui n'en savaient rien s'étaient permis un partage inégal des ressources de la terre. Mais n'empêche, Mathias comme Blédjé avaient pris la mesure des choses.

Peu importe la longueur de la nuit, il fera jour. A l'unisson, tous les jeunes s'étaient mis debout comme un seul homme.

Mathias extirpa son cousin de ces préoccupations sournoises en lui rappelant les choses les plus sérieuses. Il s'agissait là de ces tâches auxquelles il était soumis avant que ce dernier ne vienne le voir. Avant de l'y inclure, Mathias annonçait des innovations futures pour la jouvence sans trop de détails. A cet effet, il jugea nécessaire de présenter tous ses compères à son cousin.

A ce moment ci, il constatait quelque chose d'un peu distinct dans le comportement de ceux-ci. Sachant bien que ces derniers étaient toujours les mieux informés il s'attendait à percevoir des visages très luisants enthousiastes plutôt que de voir des mines aussi graves que moroses. N'empêche peu importe le fait biscornu qui naitrait au cours des préparatifs de cette journée. Une alternative ne saurait échapper ni à sa tenue encore moins à son succès.

*Durant ce soupçon, il ne fut pas surpris car le tour était autrement joué. Contrairement à leur attente, Mathias chuchotait à l'oreille de **Blédjé** une nouvelle, pas du tout agréable. Personne d'entre ces deux, n'était encore arrivé sur les lieux mais le secret de la technique de l'informatique faisait toujours son effet dès les premiers moments.*

Rapidement, il leur fallait se muer à chef-d'œuvre pour ne point jouer le second rôle. Une fois sur le lieu et à vue d'œil, le constat de cette ambiance féerique voilait ce que ces deux cousins venaient confirmer. Ils se mirent à jouer au jeu comme ceux d'entre eux qui en savaient plus et ne pouvaient non plus en parler. C'est une réalité, il s'agissait d'une tristesse qui venait se mêler à cette étape entremêlée d'une manifestation de joie.

Ce décès aurait pu être ajourné par le tout puissant créateur s'imaginait toute la jeunesse. Pour quelqu'un d'une si grande importance à qui l'espoir des sans voix était confié, fortement attendu à ce grand carrefour personne ne voudrait s'hasarder ni à prendre ce triste message. Le grand mutisme de part et d'autre s'expliquait judicieusement.

*Que faire ? Oser sinon prendre le risque d'annoncer son décès dans cette atmosphère, pourrait refroidir l'ambiance sinon façonner négativement les attentes. A une dizaine de mètres derrière **Blédjé** quelqu'un tenta indélicatement de distraire toute la bande. Par mesure de prudence sinon pour contourner le jeu, Mathias, interpella vivement son cousin.*

Une boutade dont l'auteur était inconnu s'enchaina. Mathias, intégralement prêt annonçait à son voisin de gauche que le triomphe attendait inlassablement toujours à la fin du déroulement de cette cérémonie selon ses projections.

Sauf cas de force majeure les jeunes devraient bien se parler face à face. Tous savaient que le présent cadre tant souhaité, venait pour formaliser l'unanimité venue mettre les jeunes devant les défis d'une époque.

Ce symbole vient pour irriguer cette sécheresse d'estime de chaleur fraternelle entre jeunes autrement mieux que ça. Comme un seul homme, cette jouvence et ces jouvenceaux viennent à cet instant ci semer une convivialité magnanime.

He ! Bien ! Cela se perçoit aisément. Rien qu'à voir ou imaginer ce qu'une si grande mobilisation charitable pourrait laisser comme effets, impressionne toute sorte de visiteur. L'initiateur d'une telle cérémonie dénommée forum de jeunes, ne devrait vraiment pas mourir. Ce dernier-ci, donne certes à la jeunesse du monde entier un goût d'appartenance mais d'inachevé.

La preuve de cette emprise de satisfaction se lisait automatiquement sur toutes ces mimiques joviales et rayonnantes dans le groupe. Entièrement absorbé et perdu dans ses idées, Mathias s'était éloigné de **Blédjé** *sans le savoir. Assurément, tout le brassage était fidèlement bienveillant. Sur un site* *aux mille décors comme celui-ci, aucune gêne n'empêchait quelqu'un de se mouvoir à souhait.*

Mathias n'avait pas tort. Il était franchement embarqué dans une beauté féerique du milieu mais aussi par l'écho de tout ce qui se disait de part et d'autre. Amplement captivé par cet émoi, il s'oubliait dans le doux vent qui berçait le paysage.

A la quête de l'eau fraiche, il se frayait quelques ruelles afin de se rendre aux étalagistes pour juste étancher sa soif. Lorsqu'il ressortait du musée, il jeta un regard dans le grand ciel qu'il explorait prudemment avec avidité. Il n'y trouvait aucune perturbation géospatiale qui viendrait annihiler les efforts déjà consentis.

Son regard y restait toujours figé au point qu'il se heurta rudement à un autre de ses confrères. Ce dernier, le sentant venir étourdiment dans sa direction, s'arrêta pour amortir le choc. Dès qu'ils se heurtèrent, s'en suivit une folle hilarité ponctuée d'excuses. Quelle belle retrouvaille se disaient-ils. De cette rencontre naquit une nouvelle chaleur d'estime qui ramenait aux souvenirs lointains d'un autre jour.

Avant de poursuivre la balade, tous joyeux, ils s'embrassaient à nouveau. Malgré les menaces insensées de ces derniers moments, aucune inquiétude ne planait dans cet environnement. Conquérant et plein d'ambitions chacun nourrissait l'espoir d'en sortir galvaniser.

Mathias rassura son congénère que le temps se prêtait incontestablement à un parapluie protecteur. Ce prétendu parapluie serait selon lui, adapté à cette activité populaire tant attendue par cette frange jeune jadis abandonnée entre les griffes de la désolation et sous l'étreinte d'un chômage infantilisant.

Comme pour faire les éloges de la localité choisie, il poursuivit en demandant à son ami s'il connaissait déjà ce site.

Celui-ci, loin d'être un natif de la zone y arrivait pour la première fois. Avec enthousiasme, il s'offrit tout le plaisir de peindre entièrement le paysage et les motifs de ce musée. A travers un style diamant, Mathias plongea son compagnon dans une attention plus captivante qu'émouvante.

Que disait-il exactement ? A l'entendre, cette place, servait, de siège au musée de Poulébas. Mais aussi elle, constituait un carrefour public toujours animé de toutes sortes d'identités et d'un fort brassage populaire.

Aux dires des natifs du milieu, Poulébas signifierait hospitalité d'une infinie bonté. Depuis la nuit des temps, elle fut une mystérieuse agglomération qui couvait cette célébrité connue au-delà de ses limites frontalières. Toutes les chaines de montagnes et les courants d'eau mystiques bordaient cette localité dite des chevaliers.

Au-delà, elle symbolisait selon tous, la vieille garde au voisinage. Mais en plus constituait un mythe particulier chargé d'une forte densité artistique et culturelle. Dans cette banlieue, les cérémonies rituelles donnaient lieu périodiquement à certains pèlerinages traditionnels. A toutes ces occasions, un nombre impressionnant de leaders connus avaient toujours brillé soit par leur témérité mais aussi par des exploits mystiques. Les moments les plus *attendus pour ces rites, étaient les débuts et fins des saisons des moissons. L'on se **souvenait de cette époque où la sècheresse s'était** installée sur une longue durée. Cette sècheresse fut si cuisante qu'elle asséca toute la flore. Quant à la faune chétive, elle voguait à vaut l'eau sans aucun recours salutaire. Toutes les rigoles asséchées allongeaient nuit et jour les distances aux femmes battantes à la quête d'une gorgée d'eau.*

Le poids de cette souffrance était partagé. Malgré les incessants pleurs des misérables enfants affamées et les longues prières stériles des parents désespérés, aucune espèce humaine, animale ni végétale n'était épargnée par les conséquences de cette sècheresse. Devant la complexité des choses inertes et le silence sordide du temps, comme par miracle, un capricieux messager venait par un tumultueux vent salvateur lever cette sentence qui n'avait que trop duré. Un soir de ces temps-ci, quelques messagers implorèrent le soutien des uns et des autres.

Ce fut un moment pathétique et très émouvant. Certains donnaient en nature pendant que les autres se pliaient en toute franchise pour offrir leurs bénédictions. Hommes et femmes dans l'unanimité sous le couvent des ancêtres implorèrent d'un seul cœur le Dieu dans sa grande et infinie bonté d'étancher leur soif. Pour certains incrédules, parias et ou athées, cette grosse pluie qui venait de tomber n'était autre, qu'une simple et pure coïncidence.

Quant aux initiés des temps révolus et les mieux avertis, les ancêtres venaient ainsi de témoigner ce que valait l'unicité, la solidarité autour d'un seul vœu. Peu importe l'opinion d'appropriation du père céleste par les humains de part et d'autre, l'immensité de son salut reste sans limite mais en plus intarissable.

Une saison de paix

Le croassement des grenouilles amoureuses, la berceuse entonnée par les moineaux sous une douce fraicheur qui berçait les plaines annonçaient l'apaisement des esprits de Poulebas. Ces vertus n'étaient cachées à personne au point d'être une conquête de tous.

Les traits touristiques passaient et repassaient dans la pensée des premiers venus. Là-bas au pied de ses baffons étaient nichées des forces invisibles qui servaient à soigner quelques maladies dites mystiques, sordides et incurables.

Comme un appas tendu aux poissons, ce message conduisait quotidiennement hommes et femmes sur ce lieu devenu touristique par la force des choses. Souvent une telle science de la complexité était confirmée et relayée sous d'autres cieux mais contrastait avec ces multiples talents superpuissants de Poulebas.

D'ailleurs, ce grand rendez-vous dans ce lieu-ci, en disait long. Pouleba, carrefour du donner et du recevoir, agrémentait toujours toute sorte de rencontres entre tributs à l'instar de celle-ci. Pour tout dire, dans cette agglomération, était ensemencée une véritable cordialité dans tous les cœurs. Pas plus qu'hier seulement, toutes les concessions étaient ouvertes pour accueillir tout venant.

Mathias continuait de contempler gracieusement ce bel espace de façon insatiable. En cette période hivernale, malgré le souci réservé aux plantes assoiffées, un arrêt instantané de pluies fut instauré pour cet avènement. Que ne disait-t-on pas sur les interdits connus dans cette cité ?

Un respect scrupuleux était de mise et apparaissait comme un principe élémentaire instauré comme discipline sociale au sein de cette communauté. Pour rien au monde un natif de pouleba ne saurait répondre devant un quelconque tribunal pour vol, adultère encore moins pour un mensonge.

Une saison de paix

S'il advenait à un de ces jours qu'il s'agisse d'une accusation pour nuire l'auteur de cette manigance subissait directement les conséquences de son opprobre. De la part de plusieurs conteurs, cette discipline était aussi partagée sur tout le continent africain. Une mention particulière était faite mais hélas pour une raison ou une autre cette discipline commença à s'effriter et semble de nos jours agoniser avec les pesanteurs d'une nouvelle civilisation.

A l'époque dans ce beau continent, il n'existait aucune prison. Il était le plus choyé de tous les autres continents du monde et semblable à une oasis paradisiaque. Cette particularité exemplaire attirait sur ce continent une réelle convoitise. Fiers étaient tous ceux qui en émanaient.

Eldorado ou paradis terrestre, peu importe son appellation, tous y accouraient pour faire fortune ou mieux apprendre le mieux-être. Aussi paradoxale que cela puisse paraître, le sort de l'ironie a inversé les tendances.

Ce fameux eldorado devin invivable par ses propres fils. Comme par un coup de baguette magique, la ruse de l'envahisseur a pu dompter la magnanimité et semer un doute dans l'esprit du bâtisseur. Pire la guêpe de sort a aveuglé tous ces fils au point que les uns flagellaient les autres sans aucune raison fondamentale.

Pendant que ceux-ci se battaient, les colporteurs égrenaient leurs chapelets d'avoir atteint leur but. Bien que toujours riche et intarissable, nuit et jour, les ondes annoncent, la misère, la déchéance et le dédain pour rendre ce continent, par la force des choses une géhenne.

Gog et Magog n'y sont pas loin. Petit à petit ses fils ont commencé à découvrir à nouveau le manège du truand trompeur.

Pris main dans le sac, ce fourbe plutôt que de s'excuser, s'érige en médiateur. Avec une courtoisie inachevée, il fut surpris de comprendre. Quelqu'un de lui rappeler que seul lui seul était à l'abri des artilleries qu'il vendait. Un autre de lui poser la question de savoir sans vouloir heurter sa sensibilité s'il était permis d'essayer cette arme sur lui en tant que producteur.

Mieux plutôt que de l'orienter vers son propre frère qui d'ailleurs est à la fois innocent mais bâtisseur de la paix ne serait-ce pas judicieux de conditionner son acquisition. Mathias pour s'aviser avoir franchi sa mission, de peur d'omettre cette grandeur de Poulebas, revint out doucement sur ses pas. He bien le sens de la raison n'étant plus loin, le site de pouleba rappelle et interpelle sur la reconstruction d'une si grande identité.

Tout en y étant, et l'occasion faisant le larron, Mathias tout affamé de sa culture ne pouvait passer outre cette anecdote avant de poursuivre. La mélodie du chant des pélicans hautement perchés confirmait selon Mathias, l'encensement de toute la nature autour de cette discipline. A l'image d'un jeu collectif, cette règle s'était appliquée ici à pouleba même par les nouveaux nés.

Comme s'il avait oublié un des aspects le plus crucial, Mathias, tapota son ami sur l'épaule droite. Puis lui demandait ce que signifiait un tel geste. Ce dernier un peu évasif souriait. Il continuait à suivre son coéquipier qui poursuivi. Il semblait avoir oublié certains paramètres qui excellaient lors de certaines manifestations coutumières.

De façon particulière, il revint sur des pratiques auxquelles, il fut lui-même convié. Toute omission du genre semblerait à un oubli de soi. Ainsi pour ne pas déroger à la règle, son ami bien que contrarié lui fit ce crédit de revenir sur ses propres pas. C'est en ce moment-ci qu'il répéta la scène annuelle en saison pluvieuse. La consigne était simple et très claire, qu'à tout début de

Une saison de paix

la période hivernale, chaque fils de la localité venait offrir une poule blanche aux ancêtres au pied de cette colline qu'il indexait à son compagnon.

Toutes les divinités de ce lieu ci étaient représentées par des objets sacrés et invisibles isolés du lieu d'adoration perché sur le sommet de la petite colline sacrée. Il le rassura qu'une telle démarche n'excluait aucunement ni de loin ni de prêt, l'alliance tribale, ethnique, clanique ni raciale.

Sur quelques principes délinéateurs et comme précautions, des balises bien prédéfinis y étaient partagées. Ceci pour ainsi traduire la franche hospitalité et l'agrandissement du cercle autorisant dans la règle de l'art, les étrangers.

Peu importait l'origine, sur base d'équité sociale éloignant toute sorte de discrimination, tous les visiteurs étaient autorisés à y prendre part dès que de besoin. A chacune de ces rituels, le volet festif occupait une place primordiale.

Ce brassage se voulait tout temps égayé et entretenu dans une ambiance à la limite féerique. En effet, il entretenait les sacrificateurs en éveil et leur donnait plus d'inspiration lors des invocations spirituelles qui durant toute une semaine pleine. De façon minutieuse, comme s'il était lui-même de cette confrérie des sacrificateurs Mathias tenait en son for intérieur ne rien cacher à son ami. Pour ne point sauter du coq à l'âne, il jugea utile de lui raconter la présence et le probable séjour des marchands d'illusion dans un tel lieu. Il insista auprès de son ami que de telles pratiques étaient interdites sur ce site.

Ainsi, à l'endroit de ces anachorètes et leurs complices, sous peine d'être fouettés par les mannes ancestraux, le message était indiscutable. Son ami eut l'assurance d'être dans une localité spirituellement saine et mieux devant une communauté intègre sinon bienséante. Les deux amis restèrent unanimes autour d'un fait prescrit par ces grands protecteurs depuis l'au-delà.

~ 54 ~

Autant épris de justice, ces esprits protecteurs ne sauraient jamais tolérer des dérives du fait de leur probité, pureté et intégrité. Afin de cultiver une envie et un espoir certain sur les projets de vie de son compagnon, Mathias poursuivi sa narration. Il lui preta l'assurance que durant la période des rites, tous les vœux y étaient formulés et acceptés sauf ceux du genre à nuire.

Pour lui, cette pratique est plutôt une coutume qui ne saurait être confondue à une religion. Il insista à nouveau sur le fait pour nuancer la pléiade d'opinion sur ce sujet. Il n'excluait pas la phase des témoignages qui l'avait fortement séduit sans distinction. De part et d'autre les merveilles très sensibles y étaient à foison. Les journalistes et autres hommes de médias, les mieux renseignés sur les bienfaits reçus en de pareilles circonstances, n'étaient jamais à la traine. Chacun d'entre eux venait implorer l'assistance des divinités surtout ce qui tenait réellement à cœur. De mémoire d'homme ceux-ci rapportèrent les exploits engrangés tant par des lutteurs traditionnels lors d'une grande compétition internationale de cette discipline. Dans une alliance aussi collégiale voir fraternelle sinon confraternelle tout le monde s'y sentait merveilleusement.

Pour avoir satisfait les rites de tous les meilleurs vœux, chacun en repartant avait un cœur toujours plein de joie et d'espoir. Ce lieu par sa courtoisie sans aucune gêne était très attrayant et magnifique où chacun puisait sa moissonnée sous les faveurs divines. Si tel semble soutenir la raison du choix d'un tel lieu pour la présente cérémonie, aucun doute qu'il s'agit vraisemblablement de solliciter la même grâce sur cette jeunesse si préoccupée dans une infatigable quête de travail. Nombreux sont ces sites nationaux ou encore appelés musées qui, au-delà des frontières continuent de façonner en bien l'image du pays.

Rien de ces vertus tant louées ne surprend le compagnon de Mathias. Pour s'en tenir aux faits, il finit par lui dire que derrière chaque dénomination de ces lieux conventionnels, se cache inéluctablement un pouvoir invisible.

Une saison de paix

~ 55 ~

Malgré le risque et la menace des morsures probables de sauriens, de serpents, ou autres reptiles, la zone de poulebas ne désemplissait toujours pas.

Cette fréquentation n'était pas fortuite. Libre d'apprécier la pureté de l'air qui y circule mais tout le plaisir était offert à chacun de s'en servir à souhait.

Du reste pour une raison ou une autre, chacun en ressortait toujours souriant et profusément satisfait d'avoir eu ses vœux fortement exhaussés. Campés derrière les plus hautes ambitions chemin faisant, tout fils irréprochable s'attendait couronné de succès. Aucune surprise de constater que cet afflux quotidien, de nuit comme de jour provenait non seulement des sentiers dérivant directement des sept clans habituellement connus mais au-delà.

L'apparat que décrivait ces chemins boisés et ombrageux construits depuis le temps colonial était si attrayant qu'il domptait les regards de ces campeurs. Bien d'orateurs mieux pétris d'expérience auraient pu être à la place de Mathias, pour compter ces exploits de Poulebas.

S'il lui était permis d'omettre sinon de voiler une partie de cette histoire, quelque chose d'aussi captivante ne saurait passer silencieuse. Là-bas tous les interdits étaient scrupuleusement respectés et mis en application dès que de besoin. Personne même les plus pédantes voir les moins curieuses prenaient toutes les précautions d'emprunter aisément ces pistes vicinales pour ne pas transgresser les tabous.

En dépit de cette superpuissance, aucun frein n'existait entre cette localité et les autres agglomérations. La portée d'une telle règlementation sociale, remonte à des années lumières. Pour ce faire, aucune imprudence pour transcender cette discipline n'y était tolérée. A l'image d'une surveillance électronique opérée dans les lieux publics, tout ce qui se passait à Poulebas était minutieusement vérifié à la loupe et passé sous un contrôle mystique.

Une saison de paix

Poulebas continuait toujours de couver cette valeur tant recherchée sous d'autres cieux. Sur ce site mystérieux, chaque arbre de cette forêt dite sacrée portait toujours des feuillages ayant plusieurs propriétés thérapeutiques utilisables comme remède contre toute sorte de maladies. Ainsi tous les visiteurs pouvaient bien s'en servir selon leurs intentions. Tout ce qui était défendu sur ce lieu était les feux de brousse l'incendie et la coupe abusive de bois.

Tellement précieux que même les bois secs issus de ce milieu ne sauraient être utiliser pour la cuisine.

Tout contrevenant pourrait bien perdre la vue sinon la fertilité conjugale. Ce libre cours donné à tous, connaissait des limites infranchissables. D'ailleurs, personne n'était détenteur de l'autorisation pour servir celui qui en était dans le besoin. Quelque part, dans un creux de la colline était niché cette marre aux poissons sacrés enjolivés de colliers dorés. Peu importe les saisons, l'eau y était toujours permanente et jamais tarissable sous l'empreinte des esprits.

Une chose non moins négligeable ne passa inaperçu pour Mathias. Il n'oublia point les canaux traditionnels d'échange. En tant qu'initié depuis son bas âge, il entonna auprès de son compagnon le message du Tambourin prédicateur. N'eut été cette transcription faite par Mathias, ces percussions aigues emphatiques ne parvinrent pas à faire tressaillir son ami.

Quant vint le tour des intonations sonores et même stridentes des flageolets et des flutes, Mathias, très captivé, arrêta de communiquer avec son ami. Celui-ci se reprocha de n'avoir rien retenu ni compris des interprétations que faisaient Mathias. Finalement, c'est après le passage de ces musiciens vers un autre regroupement qu'il reprit ses récits.

Tous les deux étaient fortement émerveillés et partageaient certainement la même joie avec leurs confrères venus d'autres horizons. Autant le brassage

Une saison de paix

paraissait fort autant, il symbolisait cette chaleur fraternelle de ce beau petit village mythique.

Poulebas, s'animait et était fortement gratifié de cette grande manifestation bien murie par des leaders sociaux de la contrée. Regrouper un tel monde en majorité jeune, était une particularité honorable surtout pour la bande de Mathias et ses amis.

Comme un témoignage devant cette pleine satisfaction, tous les aborigènes de poulebas s'étaient préparés à répondre individuellement, amicalement mais surtout très efficacement à ce rendez-vous. Cette caution sinon précaution collective s'était faite, ressentir par la propreté et l'éclat des lieux. Malgré les activités routinières en majorité agricoles et pastorales, sans oublier les soins minutieusement prévus, l'état d'évolution des choses annonçait un bon augure. De peur que la divagation anarchique des caprins, porcins et du grand bétail comme les bœufs n'entrainent toute sorte de collision en un si grand jour, personne ne souhaitait être interpellé.

Nonobstant tous ces efforts, la particularité prêtée aux conditions d'hygiène environnementale n'était pas en reste. Une interdiction était faite à tous les habitants de ne point laisser les enfants faire une défécation anarchique des selles dans la nature afin d'éviter cette maladie invalidante et incurable nommée poliomyélite que seule la vaccination pourrait évincer. Devant toutes les concessions, un assèchement des gites larvaires pour limiter la prolifération des moustiques fut fait.

Certes les guirlandes lumineuses n'ont pu être accrochées ni aux arbres titanesques ni sur les murs qui bordaient les principales rues mais l'éclat de la contrée restait toujours perceptible. La gaieté se lisait sur tous les visages. Pour les autochtones, ceci était un honneur. Que dire des étrangers et autres aventuriers qui découvraient pour la première fois, une si belle contrée pleine de mystères ?

Une saison de paix

Cette randonnée a été très bien réfléchie. Si elle n'avait pu se tenir, il fallait bien la créer. Au cas échéant, les génies et concepteurs d'une telle solennité pourraient bien souffrir sérieusement.

Était de ceux-là Mathias qui n'avait jamais imaginé qu'une commémoration comme celle-ci devrait se tenir chez lui ici à Pouleba.

Plongée dans une fiction débordante d'allégresse sur un paysage d'amour sincère mutuellement partagé, toute la population faisait allégeance aux visiteurs.

Comme s'il était le spectateur le plus élu, Mathias revivait cette période avec autant d'avidité que d'enthousiasme. Il passait et repassait en revue ce climat d'une franche et aimable cohabitation entre tous les citoyens d'un pays. Il est rare de se voir ainsi câliner chaque jour dans une telle prédilection surtout en cette période d'insécurité grandissante.

Chacun n'avait besoin que de cet instant festif pour mieux s'exprimer. L'on se rappelle encore qu'avant cette randonnée, tous les leaders et toutes les confessions religieuses avaient été mis à contribution pour ployer les grâces divines. Cette adjuration valait vraiment son pesant d'or surtout que sur l'autre versant du pays des inconnus auraient assassiné plus d'une centaine d'hommes, de femmes et d'enfants.

Ce fut un carnage qui obligea en son temps, les plus hautes autorités à effectuer un déplacement pour non seulement réconforter les rescapés mais traduire leur compassion. De source plus rassurant ces vandales, furent appréhendés et mis aux arrêts par les forces vives de défenses et de sécurité du pays. Ne dit-on pas que la prudence est mère de sureté ? Afin d'éviter toute surprise désagréable, Pouleba a bénéficié d'une réelle protection.

Pendant qu'il perdait le temps à cette réflexion, sa soif commençait à s'intensifier. Très rapidement, il éloigna de son esprit ces idées parasites et *se fraya un passage vers les étalagistes et les vendeuses d'eau. Chemin faisant, Il aperçut une vendeuse pas trop hygiénique secoua la tête, très mécontent mais acheta quand même le sachet d'eau minérale. Avait-il encore du temps à perdre pour prodiguer des conseils sur ce genre de comportement indélicat ? Ici à pouleba la prudence était de mise pour éviter de léser quelqu'un. D'ailleurs tout le monde y était considéré et personne ne pouvait se sentir réellement frustré. Peu importe que la classe sociale soit discriminable ou pas mais recevoir la reconnaissance des sommités plutôt que d'être persifflé y était le souhait partagé.*

Un feu sans fumée vaut encore mieux qu'une fumée sans feu conclut Mathias vaguement perdu dans un univers aussi alambiqué. Très rapidement, il avala son eau dite potable et rebroussa à nouveau chemin. Deux pas après ; il arrêta de se trémousser les cheveux et finit par se donner raison devant cette assertion bien que silencieuse qui lui trottait les méninges. Aucun paradoxe dans ses faits et gestes. Il lui fallait soigner le bon sens dans ce groupe.

Pour s'en convaincre, s'il lui fallait ainsi bâtir son monde, celui dit sans ambages ni turpitude, il aurait souhaité une reconstruction des cœurs avec des pierres sinon des rocs aussi loyaux et dignes dans les entrailles de tout humain.

Cette randonnée a fini par épouser ses aspirations et sa réelle vision du monde de tous les temps. Croyant avoir oublié la triste nouvelle qui le préoccupait tant, quelqu'un venait de lui confirmer le décès brusque de celui sur qui et vers qui tous les regards d'espoirs étaient braqués. Cet évènement éveilla une émotion très sensible dans tous les cœurs et réservait à cette solennité historique une grosse déception.

Au lieu de continuer son évasion dans un néant réellement stérile, Mathias revint encore à son sang-froid. Le mois d'avril était pourtant très loin de resurgir avec ses pléiades de mystifications. Les vents plaintifs et secs continuaient d'annoncer ces nombreux décès d'enfants, de femmes et de vieilles personnes vulnérables. Il ne se passait de semaine que l'on entende ces gémissements occasionnés par la canicule. La chose la plus choquante semble être cette triste nouvelle que personne ne souhaitait annoncer.

Entendre mais ne pas croire était analogue à voir et ne rien dire. Pourtant il s'agissait d'une réalité mais très triste. Quelle mélancolie sur toute personne ayant connu cet homme-là que la mort venait d'élire comme un pensionnaire. Une flopée de questions se succédait de part et d'autre. Certains continuaient à se demander qu'aurait-il fait pour s'écrouler en ce moment-ci où toute la jeunesse du pays avait le regard tourné vers cet exemple ?

Mathias quant à lui se consolait avec le sermon selon lequel, la mort est la seule équité qui soit universelle. Il déduisait que nul ne sait ni le jour, ni l'heure de sa venue, mais n'empêche elle arrive comme un torrent impétueux. Par ailleurs ceux qui n'y croyaient point finirent par admettre avec lui que c'est vrai.

Ils, crurent que cette information bien que triste est loin d'une hâblerie. A une certaine période de ce mois, il n'était pas rare d'entendre parler de « poissons d'avril ». Ceux qui l'avaient adapté à cette imagination, n'avaient certes pas tort mais nourrissaient davantage leur espoir.

Plus de questionnements itératifs ou sots dans les propos divergents autour des raisons variées qui ne sont pas nouvelles ni à Mathias encore moins à **Blédjé***.*

Sans vouloir se contredire, Mathias compris irrémédiablement qu'il s'agissait naturellement d'une manifestation objective. Il s'avisait, que cette probable nostalgie réellement partagée se vivait instinctivement sous une forme très confuse dans ce climat de tristesse.

Plus profonde devait certainement être cette affliction à l'endroit de toute personne ayant connaissance de cet auguste patriote. Cet homme aussi chaste que dévoué à la bonne cause sociale ne pouvait s'éteindre de la sorte. Mieux, il semblait être la seule et meilleure référence de cet instant choisi pour bâtir cette saison de paix. Le moment était vraisemblablement inopportun pour annoncer cette triste nouvelle de peur d'embraser l'émoi d'une jouvence aussi attachante à sa cause.

Perçu pour lui, comme le filtre d'un espoir si grandiose de par son humilité cet évènement douloureux fascina le jeune Ojilou qui silencieusement laissa couler ses larmes. Ojilou venait de l'apprendre à travers un autre canal autre que celui de Mathias. Ses larmes silencieuses s'expliquaient raisonnablement. L'occasion faisant le larron, il se rappela avoir franchi une épreuve fatidique grâce à une des proses historiques de cette sommité. De sa mémoire fertile, il se mit à la réciter cette verve de l'élue disparu intitulée « ***S'il me fallait bâtir une saison de paix*** ».

Malgré l'avoir égrené, toujours confus, le jeune Ojilou s'orientait tout triste et amorphe vers une estrade à proximité de la zone de regroupement. L'euphorie et la lueur de joie qui scintillaient sur sa mine de départ s'assombrissaient de plus en plus sous le poids torride de sa déception.

Il supportait ardument le poids et ne savait que faire pour voiler cet écho. Heureusement que personne n'ait aperçu ses larmes et apporté une quelconque consolation pour en savoir les raisons. Il comprit que mieux lui valait de se conformer aux autres que de se morfondre devant une contrainte insolvable.

La mort n'a pu trouver son refuge nulle part que d'habiter toutes les âmes de la terre. Vouloir s'en soustraire n'est qu'une utopie sinon une incongruité. Ojilou s'allia directement à la philosophie des hommes de Dieu selon lesquels, la mort est seulement un départ. Versé dans cette

Une saison de paix

circonspection, Ojilou s'évertua à peindre le paysage de ce beau monde qui héberge ce départ jamais souhaité.

Il finit par conclure que la modestie et les belles œuvres de cet homme sur terre parti vers l'au-delà se justifiaient. C'est bien la somme de tous ses bienfaits qui sans doute devrait animer le train jusqu'à son séjour au monde du silence.

D'un cœur compatissant Ojilou fit violence sur lui-même pour passer à autre chose surtout la principale raison de sa venue à Pouleba.

Mais avant d'y parvenir, il eut recours à cette diatribe consolatrice pour mieux se sentir. Il émit un grand souffle, puis ferma les yeux un instant comme pour égrener silencieusement un chapelet. A son grand étonnement, quelqu'un lui laissa croire que son élégie était si attrayante qu'il lui demandait de la reprendre. Pour satisfaire ses compagnons il accepta de reciter intégralement ce libelle qu'il jugeait.

Après l'avoir fait, par ces temps de réseaux sociaux qui courent à un rythme si effréné, il s'imaginait en plus que nul ne pouvait être maître de soi.

Sans une véritable armure mentale, l'on pourrait facilement frôler une mélancolie. Croyant être la seule personne à en pâtir, Ojilou fut surpris de constater que la mauvaise nouvelle s'étalait petit à petit comme une trainée de fumée dans l'air.

Savamment averti de la situation et très subtile Mathias quant à lui, ne voulait oser un quelconque mensonge dans une localité où seule la probité était de mise. Intimement, il se posait la question de savoir que dire à Ygia. Cette réserve tient compte surtout de son genre féminin qui par sa sensibilité très subtile.

Malgré sa maturité à gérer ces genres d'avènements et bien qu'elle soit très sinon plus active dans ce rôle de mobilisatrice, Mathias s'abstint avec prudence. Sous une force silencieuse doublée d'un mental de fer, et totalement armé d'un courage inégalable, se résolu néanmoins à un silence parfait. Sa conviction paraissait bien raisonnée surtout que des voix plus autorisées ne tarderaient pas à annoncer la nouvelle en temps opportun.

Cette réflexion est soutenue par la clairvoyance bien mûrie de cette demoiselle qui aurait pu constituer un frein. Comme le jeune Ojilou, Mathias objecta que, se laisser assommer par cette tristesse et la désolation forgerait une lassitude voire un désespoir. Tous finirent par admettre que chacun allait son chemin et sa noble mission mais ne jamais se départir de son idéal.

III : *Les éclaires de la violence*

A l'allure d'une armée de fourmis en pleine migration, le flux humain mouvait de la sorte. Les occupations étaient telles que les uns oubliaient facilement les autres du fait de leur empressement pour une meilleure et heureuse issue de l'évènement. Totalement absorbé par ses charges sur le site, Bledjé s'y évertuait au point qu'il oublia instantanément Mathias. En toute franchise, les absents à une telle randonnée ne pouvaient que s'en prendre qu'à eux-mêmes.

La symphonie de ce brassage était si séduisante que tout venant y compris Mathias se sentait sous d'autres cieux. Cette évasion, cultivait dans tous ses sens un oubli total. Le temps de se rendre compte qu'il s'était éloigné de sa destination, un autre sentier s'était tout de suite frayé. Le nouveau mot dit saison de paix était pour lui à la fois une surprise mais une attente fortement souhaitée.

Il lui fallait faire toute la ronde comme un veilleur de l'espace afin de s'assurer que la cérémonie respirait l'oxygène de l'aire à plein temps. Dans cette interminable foulée sa stupéfaction joyeuse allait de plus en plus grandissante et merveilleuse. Aussi inattendu que cela paraisse, cette croisade fut pour lui, similaire à un rêve plutôt qu'à une réalité.

Il est certes immuable que seules les montagnes ne se croisent mais le sens contraire venait de se produire sous ses yeux. Prêt à confirmer de façon

Une saison de paix

audible son allégresse, l'un d'entre eux se retint. Chacun sous peine de se tromper choisit de confirmer la véritable identité aperçue dans ce lieu-ci avant de se prononcer. Les ressemblances aidant surtout avec les traits et physionomies des humains l'on se devait de réduire les erreurs d'appréciation.

Aucun soupçon, confirma le second qui n'hésita point à accourir. Pour l'un comme pour l'autre l'instant de ce déclic où à la limite, cette trouvaille était la plus inattendue possible. Que dire, devant un si bel embarra, chargé d'émotion. Confus et hypnotisés dans un silence expressif, un sourire franc se délectait de lui-même sur chaque lèvre.

Naturellement, ce sourire étala un automatisme sur ces deux regards qui restèrent figer l'un sur l'autre jusqu'aux étreintes fraternelles et très chaleureuses. Les raisons étaient connues de chacun. Surtout pour une saison de paix, personne ne voudrait être absent à cette moisson tant souhaitée.

Malgré cet empressement et les salutations d'usage routinières faites, la contemplation se poursuivait de façon insatiable. Tout ce qui était souhaité et objectivement attendu passait uniquement par l'obtention des informations crédibles et justes décrivant parfaitement la suite réservée à cet évènement.

Mathias, se fit passer comme innocent ou à la limite intrus, à tout devant son nouvel interlocuteur. Sous la tunique de cette ruse il fit semblant de prendre au sérieux ce qui se disait et comprit gracieusement que l'émetteur n'était au courant de rien. Pour une époque aussi sensible comme celle-ci, il lui fallait être prudent. Cette précaution valait son pesant d'or. La saison de paix ne saurait être sans une acceptation mutuelle dit-il. Ainsi, tout ombrage à travers un quelconque subterfuge que ce soit, ne saurait convenir à cette saison longtemps souhaitée. Mathias dans un silence soutenu par une gestuelle compatissante assaisonnée d'une écoute active très attentionnée poussa l'intention plus loin.

Pendant qu'il continuait à s'y affairer, Mathias se rendit compte que petit à petit, la physionomie du cérémonial, commençait à faire son effet. L'engouement populaire semblait pratiquement se mouvoir activement. De part et d'autre si ce n'était la précipitation, c'était certainement le positionnement au bon endroit. Par endroit, les garants de la sécurité locale s'affichaient de plus en plus visibles pour confirmer leur rôle indispensable afin de faciliter le passage des uns et des autres.

Dans un endroit où la police fédérative, collective ou encore communautaire dictait sa loi, les plus forts s'étaient déjà postés. Mathias s'excusa avant d'annoncer à son confrère que progressivement les choses sérieuses venaient de prendre corps.

Le jeune Gabin, cœur d'une telle innovation ne perdait pas de vue non plus les aspirations de sa dulcinée. Aucune autre raison ne l'y obligeait. Mais pour avoir mesuré les bienfaits de cette saison de paix éminemment annoncée, Gabin souhaitait la présence de sa moitié, à une si grande moisson de joie.

Il confirmait l'opinion des sages selon laquelle, la maturité d'une saison de paix passe inéluctablement par la somme d'un sacrifice et un don de soi individuel. Son souci complait à sa compagne si ce n'est une apparence. A travers ses faits et gestes, cette dernière était tellement attachante que rien ne passait inaperçu sur leur union exemplaire. Eloquente mais très franche, celle-ci, n'oubliait jamais les conseils prodigués par le grand León chantre d'une époque très historique des temps immémoriaux.

Ce dernier dans son pamphlet, l'avait fait croire que la franchise de la femme suffit pour construire le monde. Niché derrière cette apologie, il avait cité dans les grandes cités, des figures et vestiges féminines jamais minorées ayant confirmé leurs suprématies.

Parmi celles-ci dans les confins du sultanat de domagara au bord de la lisière du grand désert de Tamanrasset, des noms d'héroïnes comme Fatma, bedonko, et Konondjê étaient les plus connues.

Par ailleurs, elles émanaient d'un empire songhay autrefois dénommé versant du soudan immensément vaste et riche d'une diversité de mènerais qui unissait également tous les valeureux fils de cette Afrique actuellement souffrante.

Outre ces héroïnes emblématiques sus évoquées, Mathias se référerait à quelques noms expressifs dans les histoires ou de la préhistoire parlant d'autres guerrières telles, la reine Guimbi-ouattara, la princesse Ouédraogo du Yennega et les plus fugaces du grand Dahomey de Béhanzin.

Tous ces exploits confirmaient davantage le rôle sacré de la femme. L'on se posait éperdument cette question jugée utopique bien que raisonnable. Qui réellement était né avant l'autre entre l'homme et la femme ? Sans vouloir contredire les scientistes et les premiers penseurs la réponse la plus plausible à une question aussi énigmatique s'inscrit loyalement dans l'assertion selon laquelle « Un mensonge qui a duré plus de quarante ans et plus devient une vérité indiscutable ». Revenons à nos moutons. Evitons d'oublier cette belle logique historique sinon préhistorique qui confirmait l'exploit des femmes mères de la nation terre. En effet, il faut authentifier cette place oh combien salutaire attestant que la femme demeure le centre de l'humanité. Aux dires de certains grands historiens elle a toujours peint les plus belles histoires sensationnelles dans les grandes contrées en proie à cette époque cruciale de la domination raciale et de l'exploitation de l'homme par l'homme.

Parmi ces femmes héroïques et emblématiques, Saharaouinia fut également l'une d'entre elles, qui a marquée à cette époque très lointaine par son exemplarité à travers ses milliers d'apothéoses ayant pu charmer l'humanité toute entière.

Il semblerait que cette dernière était au-devant de la caravane à l'époque de la première révolte des nègres. Un fait pathétique de célébrer le premier triomphe à la révolution nègre. Le sacrifice du cochon noir dans le boa était sous sa commande pour invoquer l'esprit des mânes. Incroyable mais vrai fut ce manifeste qui confirme que le genre n'a point eu d'époque. Elles ont véritablement été et ont, au-dessus de toute subjectivité, dominé le monde par leur bravoure.

Les vertus sus évoquées évoluent selon les époques si bien que vouloir se les assimiler est loin de l'utopie. Du reste elle se rappelle récemment le rôle joué par les femmes lors de certaines marches insurrectionnelles contre la dictature dans trois pays africains.

Associer la femme à une telle édification est une œuvre très utile. Pour ce faire, son attachement à la réussite de cette saison de paix avec à ses côtés Gabin est un témoignage vivant. De façon scrupuleuse et méthodique, les soins et principes élémentaires de chacun étaient suivis à la lettre si bien qu'ils ne passaient inaperçus. Ces nouvelles figures que Mathias venait de rencontrer n'étaient autres que crispin et, Billo sans oublier Lucien.

En plus de crispin et sa compagne Eginè, tous ceux-là étaient fortement impliqués à l'organisation de cette grande cérémonie. Selon le constat de Mathias, sous une discrétion pas des moindre et selon l'occupation, ils allaient et venaient dans un rythme réellement expressif.

Quelques minutes plus tard, il obtint de source très sûre la confirmation inattendue. Sur les toiles blanches, flottaient des noms de grandes renommées qui, d'un instant à l'autre seraient accueillis à Poulebas. La forte émulation d'une foule éperdument séduite et emportée traduisait le niveau de joie. Cette allégresse était semblable à celle d'une famille venue pour convoler à une impérieuse noce.

Aussi attrayants que l'on ne puisse l'imaginer tous les slogans annonçaient réellement cette saison de paix tant convoitée qu'attendue de part et d'autre.

C'est bien pour la première fois dans l'histoire de l'humanité d'apprendre ce type de saison. Les supputations ne manquaient pas chez les plus curieux de la terre qui voudraient d'abord voir avant d'y croire.

Parmi ceux-ci, Mathias aperçu le nom du vieux sage inscrit en dernière position parmi les intervenants.

Sa venue pourrait expliquer cette mélopée qui monte en chœur. Quelque part une survie de la jeunesse pourrait y trouver le nectar libérateur aussi juteux que l'espoir. Au moment où les chuchotements montaient à un rythme monotone, sa venue venait déjà d'être clairement annoncée.

Quelque part deux jeunes gens du village Pouleba se tiraillaient autour de la véracité des faits. Très remonté, bien que déjà assommé par la fatigue, Billo tapota Mathias et lui donna l'instruction de trancher entre ces deux frères égarés. Le vieil homme Anselme venait de fouler le sol de Pouleba sous une escorte policière qui soignait fortement son image. Cet homme épate plus qu'une personne.

Lorsqu'il s'y mettait, l'on s'ennuyait rarement. Pour quelqu'un d'aussi sobre, résident dans un loin et très loin de la grande ville n'a qu'une seule passion. La passion dont il est question ici n'était seulement que la promotion des valeurs humaines. Chevronné dans un charisme aussi incomparable, cet homme s'était toujours distingué par sa verve et sa diction languissante. Pouleba devrait s'en enorgueillir. Car il a toujours réveillé ceux qui dorment et mis en éveille les somnolents.

Une saison de paix

He bien sa place à un tel lieu augure une réelle randonnée fructueuse pour toute la jouvence ici présente. Venu de toute part et des quatre coins du pays ce jouvenceau tant effiloché devrait repartir de Pouleba fort et solidaire mais comblés.

Combien de fois cette clairvoyance était incontestablement gracieuse pour Mathias. Il ne put à cet instant dissimuler sa joie. Pour une première fois en tant qu'un autochtone ressortissant de pouleba voyait passer définitivement la somme des dérives d'une génération sacrifiée.

Tout en secouant fortement la tête, son souhait renouvelé était surtout de faciliter l'exécution en faits, actes et gestes du sermon capable d'endiguer à jamais cette perdition maladive des jeunes.

Tous étaient unanimes que l'incivisme serait né de la clochardisation qui ne pouvait plaire qu'aux marchands des narcotiques.

Pour ce sage, l'histoire a beau être têtue, elle va et revient sur ses propres pas. Aucune théorie en dehors de toute modestie ne saurait abriter une valeur disait-il fréquemment. Papa Anselme porterait une de ces clés libératrices de cette jeunesse tant assoiffée. Sa venue ferait de Pouleba, une aube salvatrice pour tous et pour ses ressortissants à jamais.

Mathias brulait de plus d'ardeur que d'habitude. Il était impatient de découvrir hâtivement cet homme aux solutions miracles tant complimenté. A la simple observation du climat jovial cette euphorie semblait être partagée par tous. Sous cette animation crépitait une réelle effervescence qui se lisait sur chaque portrait. La même et seule attente des jeunes, n'y était autre que de pouvoir se réconcilier avec son propre destin.

Un des repères inébranlables le plus important est bien papa Anselme. Seul un maître de la parole comme celui-là pour inscrire dans ces cœurs les fondements éducationnels. Pour tous ceux qui voudraient bien appliquer et mettre en pratique les œuvres de leurs savoirs le lieu était le mieux indiqué. Blédjé, totalement plongé dans ce rêve inédit était absorbé par ce train d'ambiance féerique.

Tout en se posant les mêmes questions que ses confrères, le soleil s'était encore caché derrière les gros nuages hautement suspendus. Il revoyait la beauté d'un tel paysage qui sous l'espoir luisait vers ce lendemain intarissable. Peu après se demandait intimement comment serait-ce possible de parvenir ainsi à humaniser une jeunesse totalement égarée dans un désert d'idées constructives ?

Sans être en hors sujet, il finit par se rabattre sur ces nuages si inquiétants qui colonisaient le vaste ciel de Pouleba. A cet instant-ci, malgré ses bienfaits, la pluie n'était pas bienvenue. Sauf erreur de la part des divinités de pouleba, la pluie peu importe sa concentration dans ces gros nuages, ne saurait aucunement perturber cette solennité.

Sous un ciel aussi argenté que pur, tout était méticuleusement accommodé pour séduire au mieux possible les illustres invités. Comme pour assister à une course cycliste, les foules s'étaient postées côte à côte pour tout voir depuis l'entrée. Le cortège des autorités en compagnie de leurs étrangers déferlait toujours sous l'assistance, l'ovation des organisateurs et de toutes les bonnes volontés.

Ce train bienveillant, cette vigoureuse tendresse et ce rassemblement firent instinctivement place à la naissance d'une chaleur fraternelle donnant lieu aux petits étalages. Les étalagistes les plus nombreux étaient ceux de la brasserie locale venus pour promouvoir le vin de mil, maïs et de miel. Parmi eux, les mieux avertis savaient que l'eau de l'étranger dans cette localité ne pouvait en être que ça. Qu'il s'agisse de l'un ou de l'autre plutôt que de s'y attarder la préférence de Mathias ou celle de Blédjé, était autre chose. Ils étaient tous deux de ceux-là qui languissaient constamment devant les viandes.

Leur préférence était celle provenant de la charcuterie la plus prisée comme la viande du porc et du chien. Pour s'en procurer était une paire de manche tant les gens en raffolaient. Le mieux pour tous ceux qui y tenaient mordicus, était de mettre en place un pied de guet.

Toute cette dissemblance hétérogène façonnée sinon combinée par une telle richesse touristique très séduisante dont la beauté naturelle ne pouvait qu'être si attractive. Sans aucune gêne Blédjé, se fit servir un morceau bien gras au moment où son cousin le rejoignait. Ce fut pour ce dernier une belle occasion mais observation faite il se rendit compte du contraire. Ce morceau n'était pas son totem mais il aurait souhaité avoir une viande de chien. Avant de courir vers l'estrade, Mathias fut à nouveau retenu par d'autres artistes traditionnels. Il se vit venter sans le savoir dans une intonation folklorique très mélodieuse. De tous ces orateurs l'un des plus jeunes fit l'exception.

Celui-ci venait de confirmer les mérites du nom de cette agglomération dite aux milles mystères. Dans la suite de ses incantations il fut fortement ovationné par ses confrères. Son message relatait les patronymes des résidents mais aussi le céleste décor de pouleba qui fait l'objet d'une forte et incontestable contemplation. Avec plaisir, une translation ou interprétation s'imposait de part et d'autre tant la manifestation sociale était si mouvementée.

Dans un tel climat et une si vigoureuse stratosphère joviale le parvis de plus en plus animé forgeait une forte curiosité. Unanimité faite, Blédjé, se donnait raison car il nourrissait cette envie de ne point se laisser raconter toute scène de cet instant. En dehors de cette folle ambiance naissaient de toute part les enlacements chaleureux et fraternels.

Une saison de paix

D'un instant à l'autre, personne même des plus indiscrets laissaient lucidement sortir les informations et autres messages d'actualité sans exclure les suggestions très bénéfiques et tout à fait constructives. Pareille circonstance mérite d'être mise à profit sinon pourrait bien toujours servir à temps.

Plus rien à dire des étreintes interactives qui fusaient de part et d'autre symbolisant la naissance de nouvelles amitiés à partir de pouleba.

Comme une découverte née des jeux de l'invisibilité, Mathias se plaisait entièrement dans cette contemplation. Juste à deux pas de la charcuterie et de la brasserie locale, l'afflux vers les réparateurs d'engin captait à nouveau son attention.

Bien qu'attentionné à la cérémonie il apercevait Jacques, Ygia puis accouru à nouveau. Tout en croyant y trouver une autre nouvelle, il se heurta à Lucien. Sans vouloir perdre de vue les deux congénères il chercha à l'éviter mais en vain. Néanmoins il lui accorda par principe de courtoisie, une dizaine de minute.

Lorsqu'il accéda aux deux autres, il se demandait les raisons de leur présence dans ce ballet frénétique de joie aussi époustouflant. Jacques compris rapidement que Mathias attendait de lui une information sur le présumé décès qui défrayait la chronique. D'un clin d'œil il le renseigna que le lieu était mal indiqué.

Pour répondre au jeu, Mathias rétorqua par un geste affirmatif. Cela ne l'empêchait pas d'émettre une réserve et se la disait au fond de lui-même. A voir un entretien aussi proche traduit toujours quelque chose. Au-delà à partir d'une confrérie si chaste aux interdits sulfureux il ne doutait point qu'entre Ygia et Jacques ne soit qu'une telle perception.

De quelle perception s'agissait-il si ce n'était que ce que relate la rumeur de tous les temps. La rumeur contredisait le jugement de Mathias. Ses yeux étaient plus loin que sur Ygia Ils s'étaient vus contraints à se reposer sur cette fillette aux côtés de Ygia

Sa petite souffrance était l'éducation de cette caste qui passait par une dépravation à la limité très outrageuse. Toute ignorante sa protégée de Ygia souffrait de voir un air moins amical de Mathias qui fouinait son portrait.

Les pièges tendus de toute part n'excluaient pas du mental de Ygia l'inimaginable. Le contraire lui fut révélé par son voisin et elle se mit à rire silencieusement. Ygia comprit commodément et soutint la fermeté de Mathias à ce sujet. Cette voisine était l'opprobre d'une femme.

Juste pour attester sa civilité mais hélas c'était une forte ignominie et une bassesse indescriptible pour la femme. Elle s'était exposée et exposait beaucoup de choses indescriptibles et très impudiques.

Ce panorama et la couleur incommode de cette pièce anodine finissaient par donner raison à Mathias. Pour preuve les invectives qui étaient adressées à cette chipie de toute part attendrissaient silencieusement la souffrance de ce moraliste. Pendant qu'il s'en délectait, sa surprise fut tout autre.

A nouveau, d'un tour, son regard butait sur une autre scène qui s'apparentait plus à une hallucination publique qu'à un blasphème de la bienséance. Quel autre monde était en train de naitre dans un lieu aussi saint que Pouleba se demandait Mathias. A côté de lui, non pas très loin de lui certains en raffolaient. Que faire de toutes ces monomanies qui animent à tort ou à raison la galerie sociale ?

Sachant consciencieusement qu'il ne pouvait rien changer de ces symptômes aux conséquences déplaisantes, Mathias se vit obliger d'aller à l'essentiel. Subséquemment de tous ces arbitrages des normes sociales ou des valeurs

Une saison de paix

de toutes natures, certains de ses confrères observaient comme lui sans rien dire.

Le paradoxe était pour Mathias de regretter amèrement que Parmi eux, certains couvaient par avidité une folle envie devant de tels tableaux. Tellement froid qu'il produisit instinctivement chez ses compagnons un désarroi profusément piteux.

Une fois de plus la randonnée de pouleba venait encore de s'entamer sous une apparence mélancolique pour Mathias. La réserve qu'il adoptait du fond de lui-même semblait souffrir du fait de son inactivité mais aussi le manque de leçons apprises.

Devant tout mépris du genre il aurait souhaité dire une attitude positive qui pourrait bien séduire qualitativement. Sa soif d'y parvenir dans un lieu aussi touffu resta sous sa gorge. Cette inertie de n'avoir rien apporté comme solution le poussa à s'éloigner un peu plus.

Malgré l'éloignement, une culpabilité qu'il évitait s'était invitée à la cérémonie. Ainsi il finit par déduire que lui et ses partenaires étaient de ceux qui prirent part au gala. Sinon comment serait-ce possible de soutenir un secteur aussi dévalorisant cette frange sur laquelle repose le lendemain d'une nation entière ?

Loin de toutes ces assertions Mathias confirmaient que ni Jacques ni Ygia encore moins Lucien n'y avaient jamais rêvé un jour. Tout ce qu'Il se disait silencieusement était fondé. Cette contrariété insensée trouva sa réplique dans un conciliabule qui se menait à ses côtés. Un site aurifère venait de s'ouvrir à une trentaine de kilomètres de pouleba.

Dans ce site, même à ciel ouvert tout y était permis. D'ailleurs, ces demoiselles n'avaient aucun contrôle de leur personnalité. Elles y étaient à la fois pour y recevoir grâces et bénédictions mais aussi et surtout de faire fortune. Peu importe le jugement que des gens d'une moralité à la somme de Mathias, chacun venait marchander sa spécialité.

La prostitution avait pris corps dans cette localité du fait de ce brassage des populations. Que dire est-ce une profession ou une déviation ? Le mutisme des grands dirigeants en disait long. Quelque part, il est fréquent d'entendre dire que c'est le plus vieux métier de la terre.

La sanction divine semble avoir commencé. Aucune probité, pour cette époque qui se noie sous le poids de cette sentence divine. Mathias compris qu'il était en erreur mais hélas, à chacun son humeur et son opinion. Bien que l'humeur façonne l'humain pour avoir connu la nature de ceux-là, il affirmait leur probité identique.

Ceux-là, il les voyait et revoyait toujours complices de bonnes œuvres mais jamais témoins de dérives sociales. Pour ce faire, il n'émit aucun doute de confirmer que ces jeunes étudiants du collège provincial de Boulel soutiendraient sa clairvoyance. Aucune personne de ce groupe n'ait muté maladroitement ni en âme ni en conscience pour une quelconque raison que ce soit.

Dix-sept ans qu'ils s'étaient perdus de vue mais gardaient toujours à l'esprit de devenir un jour des exemples devant leurs pairs éveilleurs. Très biens attachés aux canaux de communication pour des échanges dynamiques constructifs, ils étaient tous plongés dans la seule et même vision.

De sa mémoire aussi fertile Mathias tirait instinctivement ces souvenirs sur les bienfaits de ces réseaux sociaux qui les avaient sortis des mains sordides. La chasse à l'homme dans ce milieu estudiantin fut pour ce groupe un championnat saisonnier.

Autour des mêmes idéaux pour une cause noble et intègre, ils courraient toutes sortes de risque. Ils avaient une devise qui expliquait un tel sacrifice, celle d'être abattu ou alors obtenir une réponse satisfaisante à leurs doléances. Mathias, quant à lui, avait toujours joué avec ruse de sorte à paraitre inoffensif et impartial. Il fut le contraire de Lucien qui à toutes les étapes était le rescapé des pèlerins du déluge.

S'il n'était pas parmi les blessés abandonnés dans les centres hospitaliers, il se trouvait avec les embastillés entassés dans les garnisons des forces de sécurité. Celui-ci avait échappé bel à une mort atroce qui fit de lui une petite icône du jour. La routine faisant le larron, Mathias sans se déranger interpela son très chère Lucien.

Malgré sa charge très élevée, ce dernier se retourna à nouveau comme s'il s'y attendait le moins possible. Lorsqu'il le vit s'intéresser à lui, très rapidement une autre scène non moins négligeable lui passa dans la tête. Il s'agissait d'une autre histoire dramatique qui avait marqué leur vie. Le plus dangereux et celui qui leur avait vendu sa férocité fut Firmin

En son temps, Firmin dénommé « chauve-souris » était des leurs mais qui dénonçait tous les affranchis qui disaient haut et fort la vérité. Ce filou comme certains le jugeaient, était effectivement celui qui avait vendu sa dignité et son intégrité au démon du destin. Plutôt que d'aller à la quête du savoir pour sauver le lendemain de sa république, il préféra la bassesse dans la résignation.

Tous ses services étaient des plus viles qui soient pour authentifier son appartenance à la classe pensante. Pour preuve récemment, les investigations des illustres fils démasquaient « chauve-souris » qui venait de mettre à prix la tête de l'illustre étudiant en médecine.

Une saison de paix

Ce jeune Charles était le seul fils de son père que le pouvoir népotique d'une époque avait tenté vainement de corrompre par tous les moyens. Chauve-souris qui se fit passer pour son ami le plus proche. Au gré de sa soumission de ses désirs inassouvis, il le livra à la mort sous une torture inadmissible et inhumaine.

Après l'avoir livré, sa première récompense fut de lui octroyer un emploi. Aux yeux et aux sus de tous, il ne faisait que de gravir d'échelon en échelon tous les deux ans. Une des plus grosses surprises fut aussi paradoxal que cela paraisse de constater « chauve-souris » fut de la profession de médecine sans y être admis.

Tous ses promotionnaires étaient obligatoirement contraints au silence devant cette injustice vivante. Au bon vieux temps ce déloyal jeune homme était le valet à tout faire dans un paysage où la jungle régnait en maitre. Il était connu sur tous les carrefours du pays au recrutait à souhait d'autres malfrats. Avec ces malfrats à la solde des forfaits, les crimes les plus odieux lui étaient attribués de fait.

Commandités au plus haut niveau il ne craignait aucune sanction judiciaire. A la limite tout lui était autorisé. Il vivait en pacha à l'ombre de ceux qui par ignorance avaient oublié une et une seule chose. Derrière cette fausse cachette aveuglante, ils furent surpris un de ces jours. Dans son silence paisible et sa patiente magnanimité, Dieu, le père tout puissant a fait la somme de leurs dérives. Sourds et toujours insensibles à cette interpellation le tout puissant a toujours pardonné et continue de toujours pardonner.

Au-delà, il continue de toujours récompenser chacun selon ses œuvres de bienséance et de médisance. Ainsi, sous la persistance infamante de ceux-ci, l'éternel a bien voulu récompenser les déshérités à un moment donné. Nuit et jour Dieu s'est présenté tant en songe qu'en réalité pour les éconduire loin a de toutes les monstruosités. Malgré l'insistance du tout puissant, ces

Une saison de paix

fourbes sans être nés sourds-muets avaient répondu à tous ces commandements par la négative. Cette pièce théâtrale était animée par un chef d'équipe dont les vœux les plus chers étaient de se substituer en cette puissance divine jamais égalée. Que n'avait-il fait dans le paysage des quatre coins du pays qui soit irréprochable.

Les rumeurs transportent souvent des ragots mais ce qui nous a été dit sur cet homme était vrai. Depuis l'assassinat crapuleux de son ami, les vents plaintifs expédiaient sur tous les toits le déroulement de ce crime hideux et piteux. Ce fut une des scènes la plus atroce ourdie par celui-ci et sa bande tous à l'ombre de ceux-là qui ont toujours continué à confisquer la liberté du continent le plus riche du monde qu'est l'Afrique.

D'aucuns disaient que ces derniers étaient seulement des affamés dont le seul souci ne se limitait qu'à leurs simples abdomens. La pertinence de ces déclamations qui a retenue l'attention de la majorité fut la boulimie du pouvoir. Cette affirmation fut soutenue par Pacom qui en savait mieux.

Sous réserve de se tromper, il donna des détails incroyables et inadmissibles sur le montage et le déroulement de ce forfait immoral. Sans se soucier des formes de souffrance qu'un tel crime pouvait générer tant sur les membres des familles endeuillées, des amis chagrinés que sur des humains aux cœurs sensibles, il s'y engagea de force.

Ainsi c'est devant ce désagrément infligé à la majorité des ressortissants du pays, qu'à la prise du pouvoir ce chef fut surnommé « sachem » ou l'incontestable.

De part cette témérité qui lui ait propre, il effrayait tout le monde tant par son regard que sa brutalité sociale.

Rien qu'à observer la brutalité avec laquelle il s'était attribuée son trône surtout en assassinant son ami le plus cher de tous les temps, chaque citoyen était à l'écart. Pacom, aggrava l'intensité de la déception lorsqu'il poursuivi sous un autre ton. L'histoire du taureau noir offert en sacrifice sur la place publique dite de la nation à la veille de cet assassinat revint dans ses commentaires.

Ce meurtre lui pesa très lourd sur la tête au point qu'il souffrit continuellement et amèrement d'insomnies. Tel que décrit, il aurait bénéficié d'un fort soutien extérieur sous la complicité de bras invisibles pour mettre à mort et faire disparaitre totalement le corps de ce panafricaniste. Jusqu'à l'heure actuelle, toute l'Afrique et les races noires de Harlem d'Haïti et de toute part continues de regretter cette mort.

Un bonimenteur aurait été recommandé à cet homme pour le dérouter et créer des troubles sérieux entre lui et son confrère. Ce dernier parvint à lui mettre dans la tête tous les déchets les plus insalubres si bien qu'il crut être réellement immortel sur cette terre. Pire il se prit pour invincible sinon émis le vœu de s'éterniser au pouvoir.

Son charlatan l'avait tellement préparé qu'il accepta après cet assassinat, de faire trois jours dans un recueillement mystique en dehors du pays. Pour renforcer vigoureusement son invincibilité, il se lavait quotidiennement avec des décoctions magiques de lianes et tout autre cocktail assaisonnés puis humait des essences mystiques à base de graisse de lion et la bile d'alligator.

Cette puissance était prouvée. Tous les privilégiés qui eurent l'occasion de le rencontrer, attestèrent de n'avoir pu véritablement le fixer du regard tant ses yeux scintillaient l'effroi. Ces visiteurs repartaient toujours insatisfaits tant ils furent troublés devant cette intrépidité. Éclairé par ses complices qu'il était réellement fort, il se fit une forte image à travers un excès de confiance en soi. Obstinément mais finalement, l'homme se déroutait en faisant recours à d'autres assortiments.

Une saison de paix

Tout lui était permis si bien qu'il se plaisait au mieux dans les pratiques rituelles. Sans aucune gêne il autorisait les devins à prendre part aux conseils décisionnels à ses côtés aux yeux et aux sus de tous. Pour ironiser cette mise en scène faisait dire que le pays était gouverné. Toute personne qui par inadvertance s'y opposait se voyait rapidement remercier sinon subir les sanctions issues des courroux mystiques.

Les sycophantes à l'image de chauve-souris racontaient librement à haute et intelligibles voix ses prouesses. Sur tous les toits il le ventait aisément tout en comptant sur ces exploits énigmatiques mais aussi de ses protégés. Comme s'il venait de découvrir un bonheur intarissable, il était prêt à tout pour sauvegarder sa confiance.

Chauve-souris était toujours aux aguets et prêt à dénoncer rapidement ou à exécuter sans trace toute personne allant dans un autre sens. Toute cette manigance se passait dans les quatre coins de l'université et ailleurs aux yeux et aux sus de beaucoup de leaders. De peur d'être envoyé à l'ombre du silence ou de rejoindre les mânes, tout le monde était contraint au silence.

La méfiance y régnait et était partagée au point que même les enfants étaient tous des suspects. A cette allure de l'évolution des choses, il ne se passait plus de jour où l'on n'apprenait une disparition anodine ou une mort tragique. Coincé jusqu'à ce point, tous les faits ne présageaient qu'une dictature aux conséquences tragiques.

Mortifié et fortement offusqué sans aucune liberté le grand peuple restait scandalisé sans issu ni échappatoire. Pendant que la minorité baignait dans l'opulence dissimulée, la majorité souffrait sa misère confiée à son destin inavoué. Puis vint ce jour où chacun compris mieux.

L'existence est un choix mais en souffrir en est un autre. Vivre sans abri n'avait aucun sens. Ainsi logé sa dignité dans la quête d'un lendemain

Une saison de paix

meilleur pour la génération montante était un sacrifice inoubliable. Loisibles étaient ceux qui s'y adonnaient et surtout optèrent d'aller à la fournaise advienne que pourra.

Mais oui, des hommes issus d'une patrie aussi bénie se réveillèrent ce matin pour annoncer une histoire têtue. La situation du brave journaliste en témoigne cet engagement. Lui, avait décidé de tout dévoiler. Au départ, il venait pas à pas vers les singes nus. En face de ce manège, les promesses lui étaient faites pour taire sa perspicacité en vain.

Après avoir démasqué le maraudage des minerais du pays, sa menace commença sous une autre forme. En réponse à toutes ses manigances et ces menaces il passa à une autre étape où il réclamait que justice soit faite. Dès qu'il partit pour dénoncer l'assassinat du chauffeur qui seul détenait le secret avoir vu l'albinos sacrifié sur un autel sadique, ce journaliste fut dans l'orbite de chauve-souris. Tout le pays fortement attristé se rappelait comment il fut incendié sans trace en compagnie de ses amis. La férocité de cette bête de chauve-souris était connue de tous.

Depuis ce temps, tous les étudiant et scolaires l'avaient identifié et s'éloignaient très loin de lui. Mathias se rappelait de cette époque bien que récente. La mobilisation et la lutte étaient devenues populaires. Tout le monde avait soif d'une seule chose, la justice. Lucien bien qu'au collège avait pu mobiliser et drainer un monde fou contre ce crime si bien qu'il lui fallait changer de logis. Ce charisme avait orienté ce truand de chauve-souris vers lui. Pour l'avoir confondu et pris pour cible à distance, il fusilla à bout portant ce deux octobre un élève de très jeune âge dans une foule en fuite. Tous ces crimes de sang ne pouvaient rester impunis. Petit à petit la peur changeait de camp et le peuple s'affirmait de plus en plus. Comme par un coup de baguette magique, un matin ombrageux et tumultueux se leva sur ce pays. Grace à une volonté commune, sous la houlette de certains leaders comme Lucien, Ygia et Billo, toutes les grandes rues étaient noires de monde.

Une saison de paix

La seule raison de cette vigoureuse mobilisation dans l'unité était de libérer de force le pays des mains de ceux qui seuls se prétendaient en être les propriétaires à vie. Inadmissible fut la rengaine de sécurité dressée devant le peuple avec des barricades incendiaires.

Advienne que pourra, le monde, avançait courageusement points fermés et en l'air avec un slogan unanimement entonné pour démystifier ces escopettes braquées. A ce rythme, mort pour mort, les gens avançaient quand même vers le haut lieu pour demander tout simplement de libérer les lieux.

Ce prétendu puissant homme sortit de sa torpeur pour se décider comme le peuple l'exigeait. Mais hélas ! Ce fut une déception totale. Après moult tractations de négociations, il abdiqua et sortit silencieusement comme un mendiant du pays qu'il avait tant spolié.

Malgré la désolation semée dans le cœur des parents de ceux qu'il avait lâchement tué au prix de son pouvoir, tous étaient lancées dans une même synergie d'action pour assainir le pays. Ce récent souvenir était pour Mathias, un conseil partagé avec l'équipe de Lucien.

Rien qu'à voir comment un homme si puissant ou encore très robuste réduit à la taille d'un mendiant de la rue, il reste à chacun de savoir toujours raison gardée. Quel que soit la hauteur de votre perchoir, il faudrait toujours se mettre à la taille des plus petits et partager leurs réalités.

Toute cette humiliation que ce dernier venait de vivre n'était partie que de l'oubli de soi. Lorsqu'il traversait les broussailles, il s'était arrêté sous un Karité pour se reposer un instant avant de reprendre la route. Il se mit debout et s'imaginait cette descente foudroyante de la sanction divine face aux actes ignobles de tous les temps sur des innocents puis fondit en larmes.

Un grand homme à son image en train de pleurer à grosses goutes. Ce fait révélait une seule leçon de la vie de tous les jours. Mieux cette seule et

Une saison de paix

véritable leçon était adressée à tout être humain sensé de comprendre qu'exister est bien mais meubler son existence d'une flétrissure pour séduire ou paraitre rime toujours avec un échec cuisant. Tandis que Mathias perdait son précieux temps à passer en revue cette scène macabre et rocambolesque des intouchables de l'époque, Lucien et Billo s'affairaient à autre chose de plus utiles.

Il manifesta sèchement d'un jeu de tête que la fatigue de l'attente lui pesait énormément. Cette scène aussi complexe lui passait en si peu de temps dans l'imagination mais lui permis de s'interroger de ce que sera le lendemain. D'un pas alerte, il fendit la foule en faisant un geste amical à ses amis de l'autre côté.

Ceux-ci le virent et revinrent vers lui avec une autre chaleur fortement amicale. L'euphorie fut telle que les regards curieux se braquèrent instantanément sur eux, pour certains avec une ferveur d'estime mais pour d'autres avec un clin d'œil de dédain.

Comme un intrus dans ce ballet quelqu'un d'autre se foula la cheville en courant vers Lucien à son insu. Cette randonnée était pour eux la bienvenue tant pour Mathias que Lucien et sa suite. Sans attendre une quelconque formalité, les divers conciliabules s'entamèrent. Sous plusieurs versions les astuces reprirent certainement en rapport avec cette longue et épineuse séparation mais aussi sur la principale raison qui les unis en ce lieu–ci.

- Oh Lucien ! tout le plaisir est pour moi de te rencontrer ici ! comment vas-tu ? Quelle agréable rencontre ? Rien ne me surprend que tu sois à cette randonnée !
- Mathias ! Mathias encore toi ! Dans un tel lieu cela ne m'étonne jamais ! Bien que cela ait longtemps duré notre idéal reste toujours incruster dans la même idéologie. Tu m'as toujours épaté Mathias ! par ton flegme de

d'agripper à la défense ! Cette noble cause qui nous renvoie à la croisée des chemins confirme notre franchise. Malgré l'influence du conformisme qui séduit de plus en plus certains d'entre nous qui rament en pâture sans le savoir, tu es resté franchement l'inoubliable de mes souvenirs. !

Sous un préau superbe à l'image d'une scène emblématique plusieurs regards se reposaient instinctivement sur ces deux amis qui s'entrelaçaient à cœur joie. Cette trouvaille ranimait de plus bel l'ardeur de Mathias. Sans vouloir trop retenir son ami, il retira de ses mains une des brochures que celui-ci était chargé de distribuer avant le début des hostilités. N'empêche, la nostalgie ne laissant rien sur son passage n'obligea Mathias, à larmoyer de joie lorsqu'il fixa à nouveau Lucien de prêt. Comme le tisserin gendarme qui dans sa tenue d'apparat venait séduire sa femelle, Lucien paraissait pour lui plus qu'un jabiru au plumage noir en saison hivernale. Mathias se permis de lui revenir.

- *Je suis très flatté par ces propos Lucien ! Tu as plutôt été la marque particulière qui scintille objectivement la loyauté. Rien qu'à se souvenir de tes sévices physiques pour freiner l'ardeur de ton engagement au combat je te décore plutôt. Il est certes vrai que nombreux d'entre vous sont tombés sur le chemin de la libération du pays, mais pour nous autres qui avions échappé à cette hargne de fauve, il nous reste à honorer leur mémoire par l'union et le pardon.*

- *Comme tu le dis Mathias, nous ne devons point démordre au piège de l'incivisme grandissant. Le paysage de la vengeance est devenu de plus en plus comminatoire. Voilà une des raisons qui me motive et certainement te motive à prendre part à cette rencontre.*

- *Peux-tu revenir un peu sur tes propos ? J'ai de la peine à attester de t'avoir bien compris. Vue que le contexte s'y prête comme tu l'insinue, donne-moi de mieux m'éclairer sur la véritable motivation de ce rendez-vous.*

- *Te connaissant je te vois venir. Donne-moi un peu de temps ! Si cela te plait, permet moi de mettre au point ma mission que le comité vient de me confier. Dans une poignée de minutes et je te reviendrais intégralement*

- *Vas-y Lucien ! Retiens tout simplement que je t'attends peu importe le temps à y passer. Si notre venue ici ne nous rend pas serviables à quoi aurait-elle été réellement si indispensable pour ne pas dire utile ?*

- *Toujours imperturbable et permanemment positif. Mathias ! Merci pour ta compréhension. Je ne saurai tarder de te rejoindre Mathias. Nous avons beaucoup à dire.*

Très rapidement et d'une allure pressante, Lucien fendit allègrement la foule pour se retrouver devant Papa Anselme. Cette distance aussi loin fit-elle n'a pu restreindre le champ visuel de Mathias. Très attentionné, il espérait comme un ressortissant de bendougou à l'image de son cousin Blédjé,

A travers son beau regard se lisait une joie apparente qui traduisait une réelle constellation d'espoir certain pour lui. Que toute cette responsabilité soit confiée à quelqu'un d'aussi magnanime comme Lucien ne présage que la satisfaction. Dans un soliloque ou monologue et par inadvertance, il laissa tomber de façon audible le mot.

Pas très loin de lui, certains de ses voisins qui le prenaient pour une référence se rendirent compte du contraire. Ils y étaient tous venus et avaient tous le même sort à défendre. D'un regard difficilement impénétrable l'un de ceux-là s'approcha de Mathias. Bien accueilli par celui-ci il lui manifesta le désir de chercher à mieux cerner le contexte actuel réservé à la jeunesse. Sans se douter que tous, lui comme Mathias étaient dubitatifs et ne disposaient d'aucune information il s'y hasarda. Mathias lui laissa entendre qu'un tel engouement, loin de décevoir la jouvence ou encore le jouvenceau, cachait inéluctablement un attrait particulier. Cet attrait dont il faisait allusion n'était autre que le devenir radieux si bien convoité.

Pour traduire son adhérence à tout ce que son confrère lui donnait comme message d'assoupissement, d'un geste de tête il fit signe d'être plus ou moins satisfait. Un stimulus de poursuivre se fit librement. Mathias permis une forte ouverture d'esprit à son égard. Chose qui finit par inverser les tendances.

Le jeune homme semblait détenir plus d'information que Mathias. Mais cela ne l'empêchait non plus d'émettre sa réserve intime. Néanmoins il soupçonna ce dernier et le laissa progresser. Mathias, lui donna par moment raison car son doute se justifiait sous d'autres cieux. Tout en repartant vers un autre regroupement, il se donnait raison en doutant instinctivement qu'il s'agisse de nouveau les mêmes propositions fallacieuses.

Cette habitude était de coutume et toujours ourdie par les politiciens pour tromper afin de pouvoir mieux dompter encore cette jeunesse engagée, peu importe. Ce qui préoccupait la plupart à cet instant était réellement de leur octroyer un emploi décent rien que çà.
Les jeunes sont toujours assoiffés et désireux de quoi s'occuper sinon se réaliser.
Beaucoup d'entre eux même les plus diplômés issus des grandes écoles de grande renommée continuent de trimer dans la misère. Pire, ils rasent les murs dans tous les secteurs de développement. Le constat antérieur qui rongeait Mathias, était de voir que les plus riches de son pays n'étaient que des analphabètes. Il ne pensait à aucune substitution mais bien plus à une chance pour le pays d'obtenir un si grand panel d'intellectuels à sa solde.

Le paysage était toujours morose pour cette jeunesse. L'étroitesse de sa chance continuait de s'amincir. C'est ainsi que certains d'ailleurs mains et pieds liés se sont convertis en conteurs d'événementiels tant le désespoir les, a traumatisé. Pour étouffer une telle préoccupation, et moins se décourager, Mathias finit par dire à son confrère que tous étaient presque tous au même niveau d'information.

Personne d'entre eux ici ne pouvait avoir la prétention de mieux comprendre cette tendance. Tout en secouant la tête, ce dernier se résigna de retourner sur ses pas pour que sa dérision ne soit perçue par qui que ce soit dans le milieu. Avaler une pilule aussi amère avec une gorgée d'eau aussi salée s'accepte difficilement, surtout pour quelqu'un comme lui qui ne savait plus où mettre la tête.

Pour Mathias, toute forme de déception n'était plus autorisée dans un milieu aussi sérieux pour toute la jeunesse. Ayant bien compris cette douche froide de la part de Mathias, le jeune homme se rangea.

Une saison de paix

Il se préoccupait à réfléchir mieux sur des choses plus sérieuses et constructives que de se morfondre sous une culpabilité née d'une rumeur ou une intuition stérile d'autrui. Sans mot dire, sous son découragement, il se dirigea à nouveau vers le gros tamarinier à l'ombre duquel, il espérait trouver un abri décent et moins bruyant.

La digestion d'un tel affront se noyait instinctivement dans le lac des idées vagabondes. Le souci dont il était ici question traversait toutes les mentalités. Les pères et mères d'enfant continuaient de sombrer dans la consternation.

Les parents souffraient amèrement sous ce poids pas pour être immortels mais plutôt pour s'assurer que toutes les zones de craintes de leurs progénitures aient été comblées. Devenu aussi fiévreux de savoir que toutes ses craintes restaient sans effets, le jeune homme s'en remis tristement à Dieu.

Tout en ignorant que tout ce qu'il mijotait était audible et parvenait à un consolateur du troisième âge très chevronné pas très loin de lui. Celui-ci, pour éviter la déchéance, se fit plus sérieux que de coutume. Bien qu'il ne sache rien du jeune homme, l'interpella.

« A chacun sa vie ! Mon fils », fit-il au jeune homme avant de poursuivre.

« Mon fils la vie est plurielle de même que les humains. Les besoins quotidiens selon les âges en sont ainsi. Tes soucis sont très bien justifiés et s'expliquent aisément. Le contexte actuel l'illustre clairement encore par ses faits qui nous environnent.

De jour comme de nuit, le paysage environnemental devient suffoquant. Sous tous les toits séjournent la peur, l'angoisse mais aussi le dédain. Mon fils tu as encore raison de souffrir silencieusement car lorsque le soleil se lève, personne ne sait s'il ira jusqu'au soir. Sur le parchemin moi qui te parle, je suis d'un âge que je te souhaite un jour pour mieux éclairer tes confrères et les générations à venir.

Je veux bien te consoler mais je t'exhorte à prendre pour monnaie comptant ce que je voudrais bien partager avec toi et toi seul. Retiens de tout temps que l'espoir est permis et que toute réussite est forgée sur la souffrance. Le monde répond sous une seule identité.

Cette similitude est fondée sur la fraternité, la magnanimité, la bonté et que sais-je encore l'oubli de soi pour autrui. Comprend une chose. L'humanité symbolise un corps humain qui par moment peut être malade.

Dans le paysage social actuel, les manifestations du malaise sont à foison. L'harmonie tant convoitée et recherchée se trouve infecter et affecter par des germes maléfiques. Ces germes qui rongent quotidiennement l'esprit humain sont entre autres, la vie moderne, la science et le progrès, l'avenir, la solitude, les complexes, le divorce, la maladie, l'alcoolisme et stupéfiants, le déséquilibre nerveux, les distractions, la fatigue physique et nerveuse, la peur, l'angoisse du monde, l'argent et la souffrance.

Une chose est de les connaitre mais retiens encore que toutes ces préoccupations ont insufflé au monde un rythme infernal dans son architecture sociale. Que faire sinon que d'aller à la quête de nos propres moyens si nous avons un réel désir de vaincre au quotidien.

La somme des réponses se présente en quelques lignes comme une quête quotidienne, d'un développement de la personnalité, une connaissance de soi forgée par la sincérité, une bonne humeur dans une habitude et un enthousiasme tonique mais puissant.

Une saison de paix

Je n'exclue pas que chaque jeune s'octroie une liberté et un déterminisme s'il veut bien meubler ses fonctions sociales respectives. Mon fils, le temps semble nous prendre de cours, mais si cela ne te dérange pas accepte que je puisse t'égrainer un certain nombre d'éléments qui sans doute pourraient séduire ta curiosité. Certaines choses n'ont pas de nom.

Mais tu dois certainement connaitre les quatre points cardinaux et leur utilité dans la vie de l'homme. Tous les soirs, pour nous autres qui sommes astreints rien qu'au poste radio, l'écho nous apprend un cataclysme çà et là. Le matin au réveil de tous les jours, des forfaits démesurés sont annoncés. De famille en famille nait l'incivisme soutenu par les sans noms, jamais n'abolira la victime.

Pour en venir au bout et permettre un accent particulier sur la pérennisation des bons faits, il convient d'assurer une éducation active inter-âge. A l'instant où nous nous entretenons je suis en train de t'offrir ce que j'ai vu, fait, vécu ou alors à la limite entendue depuis hier.

Mais en fait, mon fils quelle ressemblance ne croiserons-nous pas entre ce paysage aussi étriqué que parsemé d'embuche tout simplement pour une forte aggravation de l'incivisme. Je suis personnellement venu ici pour apporter ma pierre à l'édifice de cette jeunesse effilochée qui vogue contre vent et marrées.

Vue le temps qui nous ait imparti, je ne pourrai te décliner tout ce que je pensais partager avec toi, reçois cette brochure dont le contenu pourra sans doute te servir le mieux possible. Garde soigneusement cet aide-mémoire car il pourra te clarifier, point par point les principales raisons de tes soucis mais aussi le probable remède contre l'incivisme.

Pour t'en convaincre, autant je t'ai cité les zones de craintes, je te fais très brièvement l'économie de quelques solutions. Toute cette perte de temps n'était pas prévue dans ton emploi de temps. Sans vouloir abuser ainsi, je te laisserai apprécier tous ces aspects dans la brochure. Si le temps le permet à un de ces jours on se reverra sous d'autres cieux. »

Très soulagé par cette intervention, le jeune homme prit le document avec empressement. Totalement confondu, il lui manifesta en deux mots sa reconnaissance de façon courtoise.

Par-dessus tout, il s'interrogeait quand-même comment ce vieil homme a bien pu l'identifier et venir vers lui qui était réellement dans le besoin d'une telle consolation. Sans mot dire, il regardait avec avidité le vieil homme s'en aller.

A quoi se préoccuper si ce n'est se précipiter sur le précieux document qu'il venait de recevoir. D'un cœur battant la chamade, il contemplait avec une forte admiration, le vieil homme en train de partir.

Peu après l'instant qui suivi, il entendit Mathias et Lucien qui sournoisement entamaient leur conciliabule. Sans vouloir retomber dans sa précédente cuisante déception, il écoutait à distance de façon désintéressée tout ce qui se disait.

Malgré cette réserve, le rythme et le ton de leur contentement créaient en lui une folle envie d'y prendre part mais hélas. Bien qu'il soit à une distance raisonnablement longue, il les scannait silencieusement de son regard tout en s'éloignant.

Très enthousiaste, Lucien revint à sa guise pour satisfaire au mieux les attentes de son complice de Mathias. Confiant, de pouvoir satisfaire sa curiosité, il ne faisait que rire et de sa fraîche douce voix, commença par des arguments de détente en revenant sur une de ses mésaventures.

Une saison de paix

- *Mon cher compère te rappelles-tu encore de cette douloureuse surprise que je t'avais racontée, lors de notre pèlerinage à dinguesso ?*

- *Je ne revois pas clairement à quoi tu fais allusion Lucien. Peux-tu me rafraichir un tout petit peu la mémoire ? Mon cher les choses rendent l'esprit très encombré et touffu si bien que j'ai de la peine à me souvenir. Par un jeu de loterie j'imagine que tu fais allusion à cette histoire mirobolante du marabout que nous avions visité pour obtenir ou réussir nos études. Si ce n'est çà une autre facette difficile à oublier !!!!!!*

- *Mathias, tous ce que tu viens de référencer semble très loin de ce à quoi je faisais allusion. Néanmoins tu réveilles en moi une réminiscence en rapport avec ces vendeurs d'illusion qu'avait confirmé cette fatidique manigance ou pyrotechnie du semblant marabout de zoufiane. Pour nous avoir grugé jusqu'à ce point, je déconseille même mon ennemi le plus juré de s'y aventurer. Mais avant tout saches que l'essentiel était tout autre. Mathias pour mieux t'orienter parles moi un tout petit peu de l'éducation sociale.*

- *Ha !!! Oui c'est vrai. J'y pensais ! Mais un fait aussi éloquent ne pouvait être en corrélation avec ceux aussi vulgaires. Rien qu'à te surprendre ici dans un champ dit celui de la jeunesse ne me surprend pas. Ton combat va toujours dans le sens collectif et non individualiste. Le terrain est vierge il faut l'ensemencer avec de nouvelles graines d'espoir. Pour une éducation sociale cette vision en est une.*

- *Je me réjouis que tu ais compris ainsi la présente dynamique. C'est à l'unisson que nous pouvons construire. A quoi bon d'être seul possesseur de tous les pactoles dans un milieu aussi épris de bon sens, de solidarité et d'un si grand esprit de partage ? Mathias, nous avons un peu de temps libre. Revenons aisément à nos balivernes. Rappelle-moi ces deux mésaventures que nous avons tous vécues. Saches réellement qu'il s'agit des choses du second degré mais en y revenant, la prudence serait davantage renforcée.*

- *Nous logions au voisinage de ce monsieur qui recevait fortement des visites interminables à répétition de toutes sortes de groupe social. Les filles de toutes sortes de charme, des personnalités politiques, mais aussi des richards du pays étaient les plus fréquents chez ce facétieux. Quelque chose d'aussi attractive qui donnait, envie était que, de tout temps il égorgeait quotidiennement des bœufs, caprins et volailles. Pour des jeunes aussi affamés que nous étions, nous lui prêtâmes notre disponibilité à toute fin utile. Curiosité aidant, nous cherchâmes coûte que coûte vaille que vaille à comprendre les fondements et principales raisons d'un tel rythme de fréquentation. Quelle étrangéité de se laisser drainer dans une ritournelle bien qu'apparemment plus éclairé que toutes ces victimes de cet illusionnisme ? Loin de notre esprit le spectacle continuait jusqu'au jour où un de mes oncles nous surpris en train d'éplucher une chèvre toute noire. Aussi inadmissible qu'il perçut cette pratique, l'oncle de son regard menaçant m'imposa son avis. De la part de toute autre personne, cela passerait inaperçu mais de la part d'un fils de pasteur ou de catéchiste s'indigné en pareille circonstance est un réel gage du respect des idéaux de la religiosité. Confondu d'avoir été pris sur ce forfait par une personne aussi exemplaire dans ses principes éducationnels, je perdis le repère et ne savait par quelle voie d'accès ni comment accéder à la maison. Tout furieux, il était assis à m'attendre. Après avoir rodé et tournoyé sur moi-même je fini par prendre courage et m'y hasarda advienne que pourra. Les rebuffades auxquelles je m'attendais de lui, furent tout autre chose. Jacques te rappelles-tu que tu fus ce jour-là mon réel secours qui contribua davantage à inverser la colère de mon oncle. Lorsqu'il nous fit assoir à ses côtés sur le petit tabouret traditionnel ou l'apparent escarbot taillé sous une forme de la tortue, notre surprise fut plus ou moins agréable. Plutôt de me demander les raisons de ma présence chez un tel illusionniste se culpabilisait de se retrouver dans ce lieu où des notoriétés de sa trame ne pouvait figurer encore moins sentir ne serait-ce que de passage. Avant tout, il nous intima de garder en secret tout ce qu'il choisissait de partager avec nous. Même sans nous défendre de ne plus jamais y retourner toute la*

Une saison de paix

confidence suffisait pleinement à savoir raison gardée de notre part. Qu'en était-il réellement. Le prétendu était un de ses amis fidèles qui après avoir exploré toutes les opportunités de se faire fortune finie par choisir cette technique d'escroquerie. Plus qu'un grand coupeur de route comme celui-ci, il excellait par plusieurs manœuvres pour toucher le cœur de ses clients. Afin de se mettre à l'abri des forces de sécurité et d'éviter les geôles, il dénonçait les malfrats qui venaient solliciter ses secours. Par moment, coïncidence aidant, l'on pouvait lui attribuer le succès et la très bonne marche de ses affaires. C'est une des principales raisons de cette affluence dont il jouissait. Tous les secteurs, toutes les tranches d'âge sans exclure les genres y accouraient de toutes parts pour solliciter son secours à la résolution de tel ou tel embarras.

- *Pour ma part Mathias c'est tout simplement pour nous détendre. Mais au-delà nous ne nous reprochons rien non plus. Si tel en était le cas, notre future ne peut être rose comme nous le souhaitons sans la conciliation du passé et le présent. Je te prie de toujours considérer toutes les étapes du séjour sur terre.*

- *Aussi bizarre que cela puisse paraitre, le même sujet m'était confié par Blédjé. Certes il ne s'agissait pas typiquement des faits similaires mais très décevants. La notion d'incivisme s'amène comme une épidémie très ravageuse dans un contexte inimaginable. Lucien si je ne m'abuse, ce tableau peut te faire pleurer et à grosses gouttes.*

- *Alors si tel est le cas, arrêtons maintenant car nous avons mieux à faire. Je me vois très mal à l'aise en train d'hurler comme tu le prétends. Pour des citoyens assoiffés de justice venus ici pour découvrir cette saison de paix tant souhaitée, il serait indécent de les voir sur un sombre tableau du genre. N'oublions pas que ce genre de pratique est nocif à tout environnement harmonieux et tu fais bien de l'extérioriser.*

Pleinement rassuré et souriant, Mathias compris les raisons de l'affolement de Lucien. Pour lui, ces souvenirs étaient certes émouvants qui cachent certaines leçons de vie. Par contre les laisser heurter exagérément la sensibilité d'une personne douée d'un bon charisme semblait loin de l'idéal.

Les récits de Mathias s'inscrivaient tout simplement sous un rappel des conséquences d'une ignorance à un temps ou à un autre. Il semble en parti satisfait d'avoir inverser cette tendance inutile vers un espoir certain. Tous deux s'accordèrent de s'investir ailleurs sur un autre champ plus utile que de passer le temps à chasser les mouches maçonnes.

En effet, ils retinrent de cette moralité que lorsque ce marchand d'illusion avait opté cette pratique pour faire fortune, celui-ci ignorait la suite réservée à sa propre descendance. Il s'agit ici des conséquences probables qui découleraient de cette forme d'incivisme dont parlaient souvent les anciens. Pour avoir grandi aux cotés de certains sages, si ce n'est Mathias, c'est bien Lucien qui se rappellent des rites d'initiation.

En son temps, tout était rose. Chaque groupe d'âge connaissait ses attributions quotidiennes, hebdomadaires et continuellement. Le sens du fouet était connu au point que chacun prenait toutes les précautions pour l'éviter. L'incivisme est donc né de l'indiscipline. Toutes ces valeurs mises à part, furent mal interprétées pour une récupération mercantile par un vent violent venu de nulle part.

Avant de s'essayer à une telle pratique il fallait passer par le collège des initiés et pour rien au monde aucune prétention n'était tolérée. Loin d'un tribunal humain comme de nos jours, la sanction était séculaire et véridique. Les frais se payaient en public aux yeux et au su de tous les membres claniques ou sous tout autre forme. D'autres aspects non moins importants s'invitaient aux débats. La culpabilité part souvent de nulle part pour une destination inconnue mais emprunte tous les sentiers de la vie.

Une saison de paix

Ce vieil homme qui, de sa ruse drainait une si grande foule souffrait d'une seule ambition. Son entière satisfaction qui lui trottait dans la tête au rythme des aiguilles d'une boussole était de toujours paraitre aux yeux des autres. Façonner un mensonge sous les attributs d'une vérité nait toujours d'une ruse majestueusement orchestrée.

Cette assertion fit dire de Mathias qu'il s'agissait de là un revers de l'éducation qui joue vers une réelle défaite sociale. Lucien quant à lui, bouche bée, assistait ce spectacle désolant et déduisait qu'être juge et partie n'est pas chose facile mais s'aventurait.

IV Lueur *d'espérance ou le pont de la tolérance*

- Mathias, figure-toi que ton oncle n'a pas voulu être aussi sévère envers nous par ce qu'il craignait pour sa propre personne. Nous nous sommes rendu compte qu'il était seulement le complice direct du monsieur à travers ses propres propos. D'ailleurs, il semblait être le plus grand pisteur sinon un bon recruteur de clients pour ce marabout. Mieux, il a simplement cherché à nous voiler ses prétentions. De par sa foi religieuse et son attachement à son Dieu, il lui paraissait illégitime de se retrouver dans un tel lieu devant ses confrères comme nous.

C'était un réel opprobre pour lui, qu'il cherchait à assainir. Comprend que son attitude aussi pacifique que douce à notre endroit n'était pas un fait de hasard. Je retiens pourtant quelque chose de très fantastique en lui. Sa maitrise de nos valeurs ancestrales et les liens avec nos religions importées. Je fais tout simplement allusion à cette dimension car de ce côté, il pourrait même animer la conférence prévue dans le carnet et intitulée « Spiritualité et Civisme ».

Mathias, comme cela est détaillé dans le carnet, ne sois pas ni jamais sourd. Tiens-en un. Au-delà fais l'effort et essaie de le parcourir rapidement pour te rendre compte que nous sommes réellement ce que nous désirons être. Pour fonder l'harmonie d'un univers comme le nôtre, il nous faut nous mettre au centre la jeunesse.

L'emphase de cette exploration rapporte que les principales raisons d'un incivisme grandissant et nuisible se trouvent loger dans les mailles de notre système éducatif. Loin et plus loin encore, il se trouve que nous sommes battus à partir de l'oubli de nos traditions. Nous sommes allés puiser des références hybrides sous un mode apparent de domination. Vite, sinon très vite rattrapé par l'expansion des formes d'éducation stérile, nous, jeunes sommes progressivement en train de ramer à contre-courant. Nous n'avons plus de repère allant dans le sens de la loyauté

Une saison de paix

car fortement dopés par le conformisme négatif. Mathias le contexte actuel vient réellement camper le repère de tout jeune digne du nom à se réveiller à temps. Il s'agit davantage d'un contexte qui nous impose les précautions à travers la circonspection intime, la singularité mais aussi l'altérité en faveur de la dignité.
La marche n'est plus aussi longue si l'on se la projette. Cette flamme faite pour illuminer ces sentiers prend effet au fond de tout individu dont la loyauté s'exprime quotidiennement. A l'ombre de cette clairvoyance juvénile repose paisiblement le réconfort et la quiétude salutaire. Aucune étourderie pour nous et naitra ainsi, un environnement homogène de sorte à tirer d'autres regards vers cette renaissance.
Il semble selon le carnet, devenu une porte d'entrée au civisme, que les faits et gestes indélicats se neutraliseraient d'eux-mêmes. La disette appartiendra à une longue histoire autant que la variole qui, à une époque étalait sa hargne sur toutes les familles. De son engouement commun, une jouvence s'annonce au sommet d'une ambiance féerique pour reconfigurer la défaite mentale et délier l'armada de la justice.
Mathias, je n'hallucine pas ! Je ne pense pas à un hors sujet ! Je ne suis pas en dehors de notre débat ! Je suis certainement en songe mais tout est réellement et intimement lié. Je viens juste de te faire l'introduction pour avoir lu cette petite brochure. Laisse-toi aller dans le petit paragraphe de ce carnet véritablement instructif.

Il tapota son ami puis se retira. Celui-ci en repartant vers Blédjé se permit de commencer sa lecture.

« **Jeunesse ! jouvenceau ! Et ou encore damoiseau de ce pays, merci de l'honneur que vous m'offrez à cet instant de partage d'idées. Chers messagers, vous attendez de moi à travers un exposé portant sur les enjeux, les défis du siècle et en particulier, je suppose des alternatives d'aujourd'hui mais pérennes. C'est bien pour répondre à cette attente que je veux vous faire part de quelques remarques avant donc la seconde partie de cette rencontre, me mettre à l'écoute de vos propres observations.**

Une saison de paix

Ma première proposition portera sur l'unicité de l'objet de nos réflexions. Une unicité qu'il est nécessaire de rappeler ou d'indiquer sans tarder. Il est certain en effet que sous ce nom de « jeunesse » se présente à nous qui la connaissons sans hésiter comme toute la félicité active d'un développement dont les actions sont souvent d'apparence diverses sinon contradictoires.

Quelle ressemblance y-a-t-il entre les actes, les âges et la jeunesse ? Beaucoup de façons d'être jeune qui pourtant ne se raccordent pas et ne prêtent pas à se toiser si ce n'est passion, déception et colère. Le colorant de ma chevelure aussi blanche que neige ne semble pas m'exclure de cette confrérie. Ceci étant, à chacun ici présent, peu importe le poids de son âge à se demander s'il doit de son existence offrir au monde ou le dépouiller. Cette question est pour ma part le premier présent de mes exploits que mon audace me permet d'offrir à tous. Sans aucune réserve, dans une pureté sympathique, le monde attend de nous un soin convivial, une décence exemplaire bien plus constructive.

Jeunes, qui appartenez à l'univers cosmologique, soyez les archevêques ivres de l'ordre social bien plus que d'être à la convenance de vos bourreaux destructeurs. L'univers fait toujours don d'une plénitude de joie et absorbe les résidus du dédain.

Ainsi de vos talents imaginatifs régénérez toujours une seule volonté sereine, provoquante, participative et déterminante savamment modélisée au mieux-être social. Sachez que depuis longtemps le continent qui fait l'objet de plus de menaces et d'incivisme de la jouvence se trouve être le nôtre.

En effet, aucun de ces pays n'a été épargné par de l'incivisme criard au point que, ne pas en parler serait de notre part, une poursuite de la convenance. Autant les mouches charment sur les grands herbiers, les causes idoines de ces pratiques opprobres doivent certainement reposer sur un fondement.

Si ce n'est une idéologie, ce pourrait bien provenir d'une théorie savamment mûrie. Partant de ce constat, retenez à nouveau que si ce n'est une insistance, la vérité triomphera toujours. Nous ne sommes qu'à nos débuts ici à Poulebas, mais s'il est vrai que la vérité est grande, elle reste toujours durable dans ses effets. A tous ceux assoiffés de justice, une seule et même identité. Laissez vos identités gravir les plus hautes cimes des défis de même que vos noms. Cette perception des choses me fait croire que l'incivisme quel que soit sa nature est certes un acte délictueux pas du tout enviable hélas mais implique tout le monde. Ceci est un message d'interpellation allant de la plus petite cellule familiale aux groupes intermédiaires jusqu'au gouvernants.

Loin des recommandations ou solutions de cette dérive grandissante, la prise en compte du secteur besoins importe mieux et nécessite que l'on y jette un coup de regard.

Le paysage de l'emploi fragilise de plus en plus une des franges les plus actives de la population les mettant ainsi en pâture. Devenus tous des parasites d'autres cultures ils sont tous paupérisés dont la plupart est nourrit à l'ombre de la gabegie. En proie aux bravades universels, ils ne vivent en réalité que d'une sorte de mendicité intellectuelle.

Astreints à une liberté royale et une autonomie mensongère, ils se contentent si on déguise en suivistes autochtones ou en faux pèlerins. D'un clin d'œil furtif ! Les plus avertis que vous êtes ! Fièrement attachés aux fondamentaux du mieux-être du genre, assistent impuissamment à ce spectacle aussi dévalorisant qu'infructueux.

Que faire de notre intelligence qui peut bien forger une réponse si pacifique à même d'annihiler cette phobie devant les kalachnikovs aux quatre coins du monde ? Cette jeunesse clochardisée au gré d'un bourreau haut perché qui fait répéter ces pétarades destructrices dès le lever du soleil, n'est autre que celui qui se prend pour médiateur émérite. La seule main invisible joue en faveur de notre défaite à tous, à commencer par vous qui êtes la force vive, la racine nourricière du développement.

Je vous reviens avec une autre assertion qui le confirme. Mais avant, posez-vous, la seule question de savoir d'où nous viennent ces arsenaux destructeurs, cette perversion éducationnelle dans notre paysage jadis magnanime ? Permettez-moi de partager avec vous le conte de fée d'un soir de la part d'un sage décrivant la vraie beauté angélique du paysage d'Afrique à l'époque des traditions.

Loin de croire que l'on pourrait avoir perdu du temps à cette écoute, retenez que vous serez plongé dans une école aussi noble. Il s'agit vraisemblablement d'une école certes sans tables bancs ni tableau. Mais, ce que je sache, elle éclairera assurément votre lanterne et y graverait sans doute une leçon inoubliable. C'est véritablement vrai ! Acceptez là ainsi.

Car, autant que la lune continue toujours d'occuper ce vaste ciel boisé d'étoiles conseillères et d'illuminer la terre, ce conte restera ainsi dans votre mémoire. L'Afrique devenue de nos jours un continent était, depuis la nuit des temps, un village. Un gros village aux milles parures dans lequel régnait la symbiose sociale. L'harmonie humaine était l'identité de tous ses habitants.

Mais hélas ! nous venons de rater ce départ sous l'arnaque du fossoyeur. Du Nord au Sud, de l'Est à l'Ouest de l'univers, la gangrène maladive s'est attaquée à l'éducation. Nous buvons à la source des crimes qui nous rend complice d'une dévastation horrible. Aucune de ces racines salvatrices ne nous reste encore. Sans aucune prétention quelconque la chute est vertigineuse et la défaite cuisante sinon très cuisante. Conscients de cette dérive, et déjà appauvris de nos valeurs, la défaite est indescriptible. Affligé et sérieusement scandalisé du plus profond de mon cœur réellement meurtri, je suis venu partager avec vous la nouvelle direction du continent. Ne comptons plus ni sur l'aide ni le don d'autrui pour espérer nous affranchir. Marchons au même rythme et dans le même sens si nous voulons arriver au nouveau projet fédérateur.

Comment réussir à atteindre sinon s'approprier un monopole non imposé et ourdi par une ruse déstabilisatrice. Un autre repère passe par une expression diffusée et appliquée. C'est bien beau que tout ce qui est dit rassure tout venant. La pertinence commence par notre maturité qui doit faire l'unanimité pour endormir la dépendance ontologique. Les conditions réelles impériales conjuguent avec un élément commun. Bâtie sur une idée initiatique, la communauté comme famille vient conclure sur la bonté de nos élites.»

Mathias usa d'une astuce pour interrompre la lecture en y introduisant une autre plaisanterie. Son confrère comprit également que ce subterfuge était aussi la bienvenue car il lui permit de se désaltérer un temps donné. Mathias de revenir sur le point de départ avec les manigances d'un autre mythomane. Décidément quelle était la raison de revenir sur les faits indélicats de ce vieil homme qui aggraveraient davantage les conflits de générations ? Quel sont les profits recherchés à perdre son temps autour d'un sujet aussi inapproprié s'imaginait intimement Mathias.

Apparemment cette perception s'illustre comme une contradiction. Il s'agit pourtant d'une dimension tellement utilitaire qu'elle lui semblait utile d'être évoquée. Les choses n'étant plus faciles, dans un esprit qui tend à désertifier le communautarisme, chacun devrait normalement se battre pour assurer sa pitance quotidienne. Il fit référence à certaines vertus de ce mysticisme.

Quelques-unes de ses bénédictions rencontraient les attentes des patients. Il ne s'agit pas de prestation du genre marchandises à vendre. La bénédiction pourrait être formulée par tout le monde, mais la substituer à un article commercial est une abomination.

Mathias voulait y revenir à cause de l'insistance des autres revenait toujours. Ceux-là ne voulaient point partir sans avoir entendu parler de la dernière trame tant la première était passionnante. Comme si ces deux confrères n'étaient pas suivis, ils ignoraient avoir brusquement rompu contre le gré de ceux-ci. Mathias, rangea son carnet et se convainquit volontiers d'aller au-delà de Lucien

Pour une fois, l'histoire des trois voleurs avait mieux captivé tonton qui aperçut une autre raison à leur union. Bien que frustré à la première étape, il trouv en cette démarche, une certaine réconciliation avec Mathias. D'une oreille très attentive, l'écoute active de Tonton semblait galvaniser le conteur.

Bel orateur qu'il fut et sans crainte de se tromper, Mathias, revint sur ce scénario rocambolesque. Il ne s'agissait pas des voleurs et l'âne ni de ceux de la caverne d'Ali baba mais d'une autre histoire plus attrayante qu'on pourrait se l'imaginer. A entendre le narrateur, Tonton l'aurait considéré comme la principale vedette qui voilait sa victimisation derrière cette légende.

L'histoire se passa à une époque un peu révolue. Mais n'empêche ses réalités de pratiques inciviques et de brigandage ne différaient pas de celles que traversent nos réalités actuelles. La victime de ce complot était Olivier, le jeune infirmer qui habitait à quelques encablures de la grande ville industrielle.

Au départ fils d'un catéchiste exemplaire, Olivier s'était vu contraint à assumer ce métier d'infirmier au détriment de sa réelle vocation. Il avait

choisi d'officier comme prêtre catholique à l'image du jeune et svelte curé de la paroisse st Jean Paul II en la personne d'Evariste.

Celui-ci, de par sa loyauté doublée d'une humilité si édifiante, avait été pour Olivier, une réelle icône aux œuvres compatissantes et bienveillantes. Malgré que sa vocation lui fut subtilisée, il admit que sa seule mission était de rester égale en âme et en conscience au service des autres. *Tel était sa façon de professer.*

Bien qu'il n'eût pas l'occasion de porter cette belle tunique blanche très expressive et se tenir quotidiennement devant un grand auditoire de fidèles chrétiens, son réconfort s'est trouvé dans tout soulagement qu'il portait aux malades.

Au-delà des soins administrés, Olivier, derrière cette blouse blanche prodiguait selon les vertus de sa foi, des conseils utilitaires en fonction des circonstances. *Ainsi sur tout son passage et sa trajectoire sans exclure son milieu de vie, il avait toujours rendu service à tout venant.*

Cette bonhommie lui collait à la peau. Mieux qu'un bon samaritain, il prenait tout le monde au même pied d'égalité. Cette attitude rare de nos jours chez les jeunes de sa trame, suscita un attachement fraternel autour de lui. Les bonnes œuvres n'ont jamais démérité. De façon silencieuse, autant olivier se souciait des autres, autant il méritait sans le savoir une très grande attention particulière. Comme à ses habitudes, il alla saluer le vieux voulma.

Ce geste toucha davantage la sensibilité de celui-ci. Rien ne put le retenir à lui faire une confidence. Cette confidence soufflée par ce vieil homme fut pour lui une surprise désagréable. Connaissant les tenants et les aboutissants, du quotidien d'Olivier, ce jour-ci, il lui conseilla de faire un choix judicieux.

Une saison de paix

Plus qu'un agent de renseignement, le vieil homme détenait une information compromettante. Selon son programme, il lui intima tout simplement de retourner soit très tôt ou alors très tard à la maison pour déjouer une tentative très horrible.

Après ces conseils et par prudence comme de coutume, celui-ci dit à Olivier de faire une aumône aux enfants les plus affamés et les vieilles femmes les plus démunies et rejetées par la population. Ce sacrifice devra précéder tout déplacement qu'il aura à effectuer au cours de ces deux semaines.

Si tôt dit si tôt fait. Sans aucune scrupule, Olivier, bien qu'originaire de cette confession aux interdits bien suivis, n'y trouva aucun frein. Partager des beignets de petit mil bien sucrés avec ces enfants affamés qui en raffolaient tant paraissait pour lui un geste de générosité plutôt qu'un acte sacrificiel. Il n'oubliait point les retombées heureuses qui viendraient par le fait d'avoir comblé et satisfait les besoins des vielles femmes discriminées mêmes fussent les plus élémentaires.

Olivier était convaincu en âme et en toute conscience d'un autre fait non moins important qui pourrait se cacher derrière ce geste fraternel. Ainsi, peu lui importait le jugement de valeur que seuls les immoraux pourraient formuler.

Qu'y avait-il de mal à offrir ces micronutriments dont les vertus et l'utilité nutritives sur la croissance de tous ces enfants en pleine divagation ? Il adjugeait intimement que ces gestes ne sauraient souffrir d'aucune ambiguïté. **En quoi d'ailleurs ce fait pourrait-il contrarier sa foi poursuit-il dans l'imaginaire.** *Olivier se rappela des conseils empiriques dont parlait son grand père au soir des contes légendaires des temps anciens et immémoriaux. L'imagination cisaille instantanément l'esprit humain en une fraction de seconde si bien que le choix et la décision se fusionnent faisant naitre en celui-ci des illusions.*

Une saison de paix

La meilleure orientation qui lui était donnée de choisir est souvent de prévenir la culpabilité mais surtout de toujours poser un acte de bienséance, résultant d'une pensée ou idée constructive. Sans se référer à un quelconque philosophe des lumières ou de la pléiade encore moins ni aux vertus savamment agencées dans les temples orientaux, cette sagesse demeure une des meilleures références qu'il ne saurait oublier. Ce rappel renvoyait Olivier sur les plages des quotidiens de ce XXIème siècle qui traverse une crise sans précèdent. Cette tempête orchestrée par une tension des esprits si suffocante que la seule tendance s'oriente vers le péril si petit soit-il, qu'il constituerait une partie de tout danger. Olivier semble avoir raison car si certains des plus grands défis historiques l'ont été bravés à partir d'un rêve, alors il est impérieux d'affûter les armes pour oxygéner les esprits charitables. Quoi d'aussi simple que singulier pour lui que d'exprimer sa charité par sa vocation professionnelle. Être et demeurer serviable, sympathique sinon par exagération empathique au service de l'humain ne saurait contredire cette harmonie sociale tant souhaitée pour séduire la saison de paix comme un idéal fini-t-il par déduire. Plutôt que d'en être ébranler, il trouvait en ces conseils de ce vieil homme une réelle mesure de la valeur sociale qui rime d'ailleurs avec une sorte d'équité par ricochez .
Son choix étant déjà fait et redescendant de ce ciel des idées pour ne point se répéter ; cette longue et précieuse réflexion, il chemina, délicatement vers sa dernière décision. Très convaincu que le bienfait n'est jamais perdu, il se dirigea allègrement vers Fatimata dont les galettes étaient les plus délicieuses et prisées par tous les clients de la localité. A l'approche, il aperçut la jeune demoiselle Haba toute souriante devant sa grosse calebasse pleine de lait frais.

Ce sourire innocent arrachait au jeune olivier toute réserve de goût ou de dégoût. Mieux que ça, le sourire de Haba, lui imposait plus le choix de s'en procurer. La raison qui paraissait bien fondée pour olivier, reposait sur les propriétés bienfaisantes du lait frais. Ainsi l'ajouté aux galettes qui ne coutaient qu'une générosité fut un grand plaisir qui le motiva à s'exécuter aisément.

Ce genre de gestes était toujours dans ses habitudes. Il était de ceux-là dont le souhait quotidien n'était que de rendre service et de prêter une attention particulière aux sans voix. Cette occasion qui lui était ainsi offerte de partager un repas aussi complet que celui-là s'affichait pour lui comme une œuvre réellement très utile. Olivier conclu intimement que s'il n'y avait que ce geste à faire habituellement pour obtenir la protection divine, pourquoi perdre le temps.

Plutôt que de perdre son temps à contempler les belles étoiles du grand ciel la nuit et les guirlandes en bordure des rues, ce jeune pèlerin des bonnes œuvres poursuivait son amabilité. Quelques semaines après avoir fait son aumône, Olivier se fiait à une introspection autour de lui. Pour un si grand croyant de sa trame, rien ne saurait expliquer tout ce qui se passe. Une chose l'intriguait au point qu'il se posait plusieurs questions.

Depuis un certain temps, des victimes de braquage, tueries ou toute autre type de vandalisme s'opéraient après son passage sur un tronçon donné. Le nombre de ces victimes ne faisait que croitre à une proportion assez inquiétante pour lui en tant que soigneur. Olivier déduisit que les têtes pensantes seraient certainement de la localité. Sa préoccupation reposait sur le souci de sa propre sécurité car à l'allure des constats, il conclut que personne n'était réellement à l'abri. Certes, les forfaits se passaient toujours juste après lui, mais n'empêche qu'adviendrait-il au cas échéant se fit -il.

Olivier pour se consoler se laissa embarquer par une prière intense pour choir dans les bras de Morphée. La nuit si douce et révélatrice au point qu'il se réveilla plus détendu que d'habitude. Olivier avait entretenu cet enthousiasme tout au long de cette journée.

Si joyeux qu'il fût, ce jour là et débarrassé de toute crainte, il s'était offert le loisir de visiter certains leaders du milieu avant de se rendre en ville pour des emplettes. Une panne sinon pour raison de maintenance préventive de sa motocyclette, Olivier était contraint de retourner très tard.

Ce fut le début de son épisode durant lequel il devait comprendre les effets de ces multiples sacrifices ou encore appelés aumônes. Que s'était-il passé en réalité ? Serait-ce par miracle ou par quelle magie ? Comment et par quelle subterfuge, Olivier a bien pu échapper à ce piège savamment orchestré contre lui par ces trois gros filous ?

Ceux-ci copieusement expérimentés dans ce domaine de hold-up ou de maraudage à mains armées n'avaient jamais échoué. D'ailleurs, ils étaient les plus craints de la localité. Connaissant cette superpuissance, personne n'osait, en leur présence, tenir des propos de mépris ou de médisance ayant trait à leurs forfaits. Toutes celles qui s'y étaient aventurées avaient toujours payé les frais de la pire des manières. Les victimes qui s'en étaient sorties vivantes, écopaient d'un membre amputé ou à la limite castré à vie. Ces atrocités étaient si lourdes que le seul souhait de tous était d'en finir une fois pour de bon. Serait-ce alors la confirmation de ces vœux tant attendus à travers le scénario d'Olivier ?

Olivier était à quelques pas du piège qui lui était tendu par les trois cambrioleurs. Ces derniers l'attendaient inlassablement depuis plus de deux heures d'horloge. Le plan était minutieusement orchestré pour que ce jeune homme ne puisse en aucune circonstance leur échapper. Dans une obscurité sécurisante ces malfrats, apercevaient de leur cachette, les phares fluorescents de la motocyclette d'Olivier. Ils réajustèrent leur position pour mieux réussir la mission. En une fraction de seconde, l'un d'entre eux manifesta l'envie de se soulager.

L'accord lui fut donner de le faire avec empressement afin que l'échec ne s'inscrive dans ce plan machiavélique, le moment décisif étant déjà proche. Tout en se frayant un passage dans la touffe d'herbe, pour y déféquer rapidement, un cri strident alerta les autres qui accoururent instantanément. Celui que l'on attendait pour commencer l'opération malveillante venait de piétiner un serpent très venimeux au moment de s'accroupir. Dans l'égarement lié à une peur panique, le premier secouriste reçu le serpent en pleine poitrine. La préoccupation des malfrats s'est trouvée ainsi chambouler par inadvertance.

Deux d'entre ces trois venaient d'être mordus par un serpent très vénéneux au moment précis du passage du jeune homme qui était sérieusement piégé. Le troisième ayant échappé courrait de toute part pour rapidement conduire ses congénères vers des soins appropriés.

A peine arrivé à bon port, Olivier le jeune infirmier eu le temps de se désaltérer. Comme s'il était longuement attendu, un jeune homme physiquement bien bâtit accouru vers lui. Tout suffoquant et trempé de sueur, celui-ci venait solliciter des soins pour ses deux amis victimes de morsure d'un serpent. Olivier n'hésita pas à y accourir hâtivement pour administrer les soins idoines. A l'observation, olivier s'est trouvé devant deux corps inertes et sans vie des suites de morsure de serpent.

Il n'eut aucune possibilité d'adjoindre un quelconque traitement curatif pouvant ranimer ces deux victimes déjà inertes. Comme par habitude un grand attroupement se fit autour de la scène. Les plus indécis parlaient imaginaient à tort et à travers la provenance d'un tel drame. Chacun sans être arrivé sur les lieux du crime s'offrait les spéculations inimaginables les plus sournoises possibles. Tout en ignorant les circonstances de la survenue d'une telle tragédie, Olivier en sa qualité d'un professionnel très expérimenté s'évertuait à une consolation des proches totalement en pleine lamentation.

Une saison de paix

Pour mieux réussir sa mission il eut recours aux sages des environs pour parvenir à consoler toutes ces familles affligées. Tout en ignorant l'effet de la rumeur qui battait largement ses ailes dans un espace d'ignorant, olivier était culpabilisé par des regards. Cette nostalgie n'épargnait personne mais lorsque l'on reposait la cause sur un si genreux prestataire en la personne d'olivier, moulte questions naissaient à nouveaux de toutes parts dans cette agglomération.

Après les obsèques rituels, Olivier des mois et des mois après constatait une réduction du taux de fréquentation de sa structure sanitaire qu'il jugeait normale. Selon ses propres analyses, déduisait un respect scrupuleux des mesures préventives selon toutes les pathologies qu'il notifiait couramment dans ses consultations thérapeutiques.

Pour tout comprendre, olivier était assis derrière sa table de consultation, en train de prodiguer des conseils diététiques à la mère d'un enfant malnutri modéré. La nouvelle circulait de toute part sans qu'aucune oreille ne puisse mieux la prendre pour œuvre utile. Très satisfaite des prestations d'Olivier, la mère de l'enfant laissa tomber la nouvelle. Un message sans fondement continuait d'effrayer tous les malades si bien que l'utilisation du service de santé s'était vue réduite.

Olivier ignorait de loin qu'il s'agissait d'une rumeur très nocive sur sa moralité professionnelle. Selon ces dires, il aurait intentionnellement tué les deux victimes de morsure de serpent. Pire, il endormait par moment et abusait de certaines femmes ou demoiselles de la localité. Très scandalisé, Olivier devint subitement froid mais s'en remit à Dieu. Quel paradoxe, aussi inimaginable que cela puisse paraître si bien qu'il se demandait d'où pourrait provenir une telle allégation. Olivier s'en remettait à nouveau à Dieu puis passa à autre chose.

Une saison de paix

Pendant qu'il s'attelait à remettre quelques nutriments à l'enfant malade, un cri aigu suivi de gémissements s'annonçaient non loin de son service. Qui était-ce ? Il s'agissait, du troisième larron transporté sur une civière des suites d'une double fracture ouverte du péroné et du tibia.

Le saignement était si abondant qu'il confirmait la rupture de deux gros troncs veineux et artériel si bien que son sang se vidait progressivement en saccades. Précipitamment, il courut pour s'occuper de ce cas d'une extrême urgence. Très satisfait des gestes de sympathie ou encore d'une promptitude jamais égalée cela toucha toutes les sensibilités de la victime.

La victime fut profondément heurtée du fond du cœur par le regret de son indélicatesse longuement mûrie pour offenser ce prestataire de soin d'une si grande générosité et amabilité. Ce remord si atroce l'obligea à une sorte de confession intime auprès d'Olivier à travers une confidence derrière laquelle était niché un pardon.

Il n'y avait que lui seul pour comprendre les raisons de cette déchéance. Il avoua à Olivier qu'il était réellement la sources de toutes sortes de médisance à son endroit dans cette localité. Après l'échec de la première tentative contre lui de connivence avec ses deux amis décédés, il fouinait toujours un autre plan et discrètement se préparait à revenir une fois de plus à la charge. Hélas ! le sort en avait décidé ainsi.

De tout cœur, il se remettait en cause et regrettait d'avoir osé une telle pratique. C'était au cours de la deuxième tentative que survint cet accident. Il aurait entendu parler d'un grand chamane qui n'avait besoin que du coq rouge pour l'aider à en finir. C'est chemin faisant que la tête du coq rouge s'était vue écrasée par les rayons de sa motocyclette occasionnant ainsi sa chute vertigineuse dont voici les conséquences désastreuses. Ce grand bandit très fortement tenaillé par cette douleur s'imaginait les bienfaits d'un pardon qu'il aurait adopté.

Une saison de paix

Le prix de toute démence sociale ne saurait demeurer comme l'image d'une dette insolvable. Prestement, il comprit que sa souffrance était le résultat de ses propres et nombreux forfaits orchestrés de part et d'autre. Par ailleurs, il déduisait intimement que cette sanction loin de sa seule souffrance et la grosse perte de ses deux congénères, limitait le pire qui s'annonçait.

Sa douleur était beaucoup plus intime que physique pour lui, surtout qu'il se culpabilisait davantage de n'avoir pu tout avouer dans sa petite confession. Par moment, il se consolait car connaissant l'immensité du tout puissant créateur de l'univers et de ses objets, certaines opportunités plus appropriées lui permettraient de se retrouver devant un guide spirituel assermenté.

Loin de lui, l'esprit de voiler ses propres torts pour soutenir quelques raisonnements contre les marchands d'illusion de l'avoir éconduit, son seul combat profond était de purifier sa personnalité afin de renaître en harmonie avec ses confrères. Cette seule discipline était une des leçons qui lui tenait à cœur au point d'éviter toutes sortes de pyrotechnies même les mieux tramées possible qui ne sauraient l'obliger à s'y aventurer de nouveau.

Tout en songeant aux autres bandes forgées à l'image de bourreaux dont l'appât le plus attrayant n'était que l'argent qui ne saurait s'obtenir sans aucune terreur, ne résulte selon lui que par pure utopie. Mieux, la personnalité qu'il rêvait être devrait pouvoir freiner les scènes d'atrocité que subissaient les honnêtes citoyens conspirées par tinkouliga l'invincible voleur qui fut son premier formateur. Avant de s'endormir il sombra dans une grande et réelle déception au regard de ce que subit ce grand monde de brutes en pleine compétition. Cette grosse destruction du monde qui évolue sous forme de vandalisme graduel fait légion et continue de défrayer la chronique publique.

Une saison de paix

Comme pour paraphraser les grands savants spirituels, l'humain contredira toujours par son intelligence qui éconduira son invincibilité. En effet de cette intelligence, il créera de ses mains ses propres objets de destruction. Ceci n'est plus nouveau.

Les habitants de plusieurs pays des quatre coins du monde, agglomérations et ressortissants de nombreuses hameaux de cultures aux regards teintés de peur panique demeurent sérieusement terrifiés. En dehors des grands chenapans locaux, les vautours spoliateurs rôdaient nuit et jour pour instruire de gré ou de force les assoiffés déraisonnés de l'appât ainsi que tous les partisans malfaiteurs de la terreur.

Nous revoilà à cette époque révolue de la traite des noirs sous sa forme évoluée. Ceux-ci méthodiquement organisés, étaient encore venus au-delà de piller, brûler des milliers de villages, vidaient à travers des enlèvements de gré ou de force les jeunes bras valides des localités annexées. Ces jeunes, étaient contraints sous l'effet des narcotiques d'être initiés pour parfaire le jeu de ces tortionnaires cachés derrière les vitres teintées du jour. Par leurs multiples forfaits, des milliers de familles étaient séparées de peur d'être prises pour cibles. Certes ces bandits ont pu faire à cette époque la pluie et le beau temps avec le soutien de ces bras invisibles. Vantardise et exhibition sous l'effet des stupéfiants de toute nature nourrissaient cette folie ainsi que leur arrogance manifeste aux yeux et aux su de tous sans aucune crainte.

A force de continuer à subir ces affronts, cet esprit malin, imposa à la communauté un autre personnage doublée d'une réaction vigoureuse pour éteindre cette cupidité. Comment comprendre que par une quelconque astuce l'on puisse créer un conflit entre les enfants d'une même famille ? Le temps a effectivement atteint un paroxysme aussi inimaginable où l'argent vient affirmer sa suprématie de grand dominateur qui rame à souhait sur les consciences humaines.

Une saison de paix

Sauf erreur, le tout puissant DIEU, créateur annonce et confirme qu'il demeure le seul maitre absolu du temps des hommes qui vient à chaque instant pour toujours et à jamais imposer sa volonté. **Malgré l'exagération de ces scélérats qui évoluent au-dessus de l'abîme, ils furent localement domptés par la communauté à travers l'exploration des pistes sécuritaires endogènes.** *Le mérite de cette rupture revenait aux efforts salutaires d'une police communautaire qui surpris par ses méthodes et son intelligence.*

Cette vigilance locale était constituée de braves et intègres archers. Ceux-ci étaient constitués sous forme d'une équipe de jeunes gens attachés à une devise d'intégrité. Minutieusement outillés, ils étaient encadrés et entrainés par des sages issus d'une et même communauté.

Au rythme d'un tourbillon violent et dévastateur, les membres de cette police locale, fouettaient de jour comme de nuit tous les malfrats au point qu'ils semblaient se substituer à la brave équipe des vaillants forces de défenses et de sécurité loyalement connues. Une seule devise « imposer le chaos à l'imposteur pour faire régner la sérénité dans la cité ». Toute réserve faite et sans aucune modération, le choix des bandits était simple et stratégique, déposer les armes ou périr.

La vérité et le mensonge n'ont jamais fait bon ménage. Chacun faisant son chemin, la raison a toujours fini par avoir le dessus dans ces soupçons dissimulés. *Avec l'aval des communautés sérieusement meurtries, la police communautaire, s'imposa de la plus belle manière possible. Malgré cette franchise, le doute persistait si bien qu'au fur et à mesure que le temps s'égrenait, les indiscrétions se suivaient en file indienne et de plus en plus impressionnantes. Certains agissements mensongers ourdis par une main invisible cherchaient à heurter les sensibilités à travers d'autres stratégies lugubres pour diviser cette dynamique harmonie de cette police.*

Cet ombrage perturbait réellement le temps d'organisation des loyalistes à travers une diversion infondée. Ceci menaçait de facto, la suspension ou l'arrêt des interventions de cette police communautaire qui, aux dires des imposteurs, semblait se substituer aux force de défense et de sécurité nationale. Pendant que les plus hautes autorités s'affairaient aux investigations pour une décision souveraine clarifiant les attributions de cette police locale, quelque chose d'aussi impressionnant se manifesta. Ces dirigeants venaient d'être informés d'une évolution favorable de la situation sécuritaire. En plus du respect le message était porté de par la hiérarchie des forces de défense et de la sécurité. Les médias en assuraient le relai annonçant à cet instant même, le fait de bravoure de la police communautaire qui en ce moment si palpitant venait de prendre dans un filet en toile d'araignée six chenapans armés jamais identifiés conduits vers qui de droit. Ce message venait d'hypnotiser ceux-là qui voulaient en finir pour de bon. Une fois de plus les communautés venaient d'avoir encore raison en soutenant la police communautaire. Cette opération n'était pas la première, encore moins la dernière mais reste une fois de plus, la plus gigantesque.

Tout le monde s'en souvenait comme hier. Avant cette surprenante intervention, ces éléments de la police locale venaient de séduire merveilleusement les populations en exhibant sur la place publique les chefs de ces bandes armées et leurs complices sournois. Un embarra fini par éteindre la fougue de ceux qui s'acharnaient si violemment contre ces défenseurs de la communauté.

La ruse la mieux ourdie peut toujours nuire à son auteur. Le sage l'avait toujours répété « Evitez à tout instant de semer au fond du cœur, une graine de haine ou de dédain à l'encontre de qui que ce soit. Avant de faire chemin, la nocivité de cette graine s'attaquera d'abord à celui qui l'abrite ».

He bien ces malfrats firent les frais de leur propre ressentiment. Olivier a bel et bien échappé grâce à ses bienfaits mais aussi, grâce à l'effet de la bénédiction qui, sans doute continuent toujours de l'accompagner. Du reste, le vieil homme qui venait de l'alerter était le plus grand sacrificateur de la confrérie de ladite police locale ou communautaire. Ce fut deux années après qu'il s'en était rendu compte. Tous les serments d'adhésion étaient prêtés sous son arbitrage avec l'assistance de ses mystiques prélats.

Aussi exemplaire que furent les membres de cette police, aussi disciplinés et irréprochables furent leurs mentors. De la corruption au mensonge en passant par toute sorte de pratiques indécentes et indignes, la sanction était toujours publique mais honteuse.

La méthode utilisée pour sévir les fautifs était tel que personne ne souhaitait être inculpé ni de près ni de loin. Bien que ceux-ci ne disposent d'aucune geôle pour incarcérer les victimes, la discipline, librement dans les localités qui les abritaient.

Loin de se faire justice, ils ont seulement rétabli l'ordre social pour le bonheur de tous les citoyens. Du soleil levant jusqu'au coucher et sous le couvent de la protection ancestrale, les incantations ne tarissaient pas et étaient recherchées par tous pour soutenir cette probité. Selon le vieux Piluka cette idylle s'apparente aux retombées d'un grand fait social très récent dans beaucoup de contrées. ININGA qui se trouvait à ses côtés confirmait cette assertion. Le choix et la célébration, d'une journée culturelle soutenue par cette dynamique dialogique de conciliation et de réconciliation fraternelle et confraternelle constitue une réelle illustration de ses bienfaits sécuritaires rétablis par une forte solidarité communautaire. Tout en chuchotant à ses oreilles une telle décision ne saurait naitre au hasard. Au regard de cette grande souffrance géospatiale de ce riche continent Africain traiter à tort comme le plus nécessiteux, acceptons que cette décision si précieuse provienne d'une source très éclairée notamment de autorités très éclairés et décideurs de certains pays du continent.

Une saison de paix

Sans vouloir jeter des fleurs sur tous ces bons agissements des membres de la police communautaire, Mathias évita de tourner autour du pot en s'adressant à son ami.

- *Hum ! mon cher frère nous avons toujours continué à souffrir d'une tare culturelle. A l'image de la figurine révoltante que tu as bien voulue nous faire vivre, je n'en doute point. Certes il s'agissait d'une pièce théâtrale mais dans sa forme légendaire qui au-delà de son enseignement est restée graver dans la mémoire de plus d'un spectateur. En m'appuyant sur les séquences aussi palpitantes que captivantes centrées sur le concept de l'africanité nichée dans un univers incertain j'avoue avoir été fortement ébloui.*

- *Ne me donne pas cette grosse tête qui pourrait changer ma démarche Mathias ! J'ai certainement bien rendu le texte mais aucune prétention d'en être son auteur.*

- *Loin de te jeter des fleurs je confirme ton talent. Lorsque tu t'es résolu à épouser les théories sinon les paradigmes de par l'analogie qui fait toujours tressaillir. Ce tressaillement n'a été purement qu'une sensation de révolte et d'émois se rapportant ou plutôt qui me rappelait clairement les attributs de ma propre identité. Emettre une réserve de t'en parler à cet instant-ci, serait une honnêteté d'apparence. Quelque chose d'aussi magnifique et attachant s'est éveillée en moi comme une renaissance nouvelle de mes origines.*

- *Une fois de plus, merci bien à toi qui me ramène à une époque assez lointaine. A entendre de vive voix ce choc de civilisation et surtout la parasitémie qui continue à ronger l'Afrique est un combat continue bien que sans issue certain. Le lien dont il était ici question s'apparentait beaucoup plus aux désastres que crée l'incivisme grandissant. Le cadre qui nous unit n'est pas loin de nous aider à mieux coordonner les actions éducatives pouvant éloigner la jeunesse de cette dépravation. Notre lutte est commune et urgente car la cause de l'incivisme criard soutient notre défaite. Quand l'on nous renvoie une éducation aussi chancelante que bancale tant dans sa forme que dans ses faits, il nous reste à nous poser plus de mille questions sur le devenir de notre jouvence. Nos valeurs endormies, souffrent et continuent de subir les pires cauchemars dans un paysage jadis jovial entrain de ployer sous le poids sordide de la déviance. Sachons toujours raison gardée pour paraphraser quelqu'un, la ruse la mieux ourdie possible peut bien nuire à son auteur. Si nous n'y prenons garde, nous assisterons aux retours des plus faibles contre les plus grands. Mon frère ! ouvrons l'œil et le bon. Ne nous laissons plus aller au gré des intérêts partisans sinon sectaires. La patate est chaude, aucun enseignant n'a le pouvoir devant ses étudiants. Pire pour peu qu'il prête le flanc, la sentence la plus vile possible lui est infligée. Je ne t'apprends rien de tout çà. Les humains sont et restent toujours polymorphes sinon très versatiles. Si pour certains il a été un loup pour son frère, il n'en demeure pas moins qu'il soit sinon devienne aussi doux au prix de sa motivation. Evitons de franchir le rubicond, revenons à nous même. Si j'ai bonne souvenance, Tombouctou fut une des premières puissances dont la discipline sociale était parfaitement faite sur mesure.*

- *Quelle alternative face à cette vision aussi menaçante ? La question trouvera certainement ici une réponse très satisfaisante. Au cas échéant, nous risquons de sombrer dans la déchéance ou quel autre embarra.*

- *Le premier souhait est partagé cependant quant à la seconde perception évitons plus la négation au profit de nos ennemis. Lorsque tu auras jeté l'éponge aussi facilement que cela puisse paraître devant un adversaire qui ne souhaite que çà, retiens une chose. Je dis une et une seule chose, ton intégrité ne doit point se ternir encore moins s'assombrir.*

Une saison de paix

- Mon philosophe des temps modernes ! j'épouse certes ta logique mais hélas ! Devant une contrainte aussi complexe que de se voir totalement dépouiller de la sorte qui tient lieu d'une injure profonde mais blessante ne fait qu'entretenir un climat de mépris.

- Ho ! Mon chère frère le mépris a toujours enfanté le dédain qui couve une violence silencieuse. Ceci explique aisément cette nuisance sociale. Je te prends aux mots seulement à tes propres mots. Nous aurons assez de temps d'y revenir. Avez-vous souvenance de la notion de pollution environnementale ? Sinon sachez tout simplement qu'aussi paradoxal que cela puisse paraitre, l'incivisme puise toute sa source de ce phénomène cosmologique. Si nous ne prenons garde, une grande folie sociale pourrait s'abattre sur tout l'univers. Faisons l'exception de cette rage interne qui décime la personnalité si nous tenons à être de véritables et honnêtes arbitres chargés de donner les soins au paysage sociale plutôt qu'à le faire souffrir à travers nos actes, faits et gestes. Ici est le lieu de construire la renommée identitaire pour façonner et donner davantage de rayonnement harmonieux non seulement à la confrérie juvénile actuelle mais plus à celle montante à venir.

- Quel talent de savoir adoucir aussi facilement toutes sortes d'emportements ou de nervosité ! Ma peine a pu se dulcifier aisément à travers toutes ces psalmodies que tu viens d'égrainer. Je ne te promets rien mais tout est bien compris et certainement finira bien. Attendons très patiemment la suite que nous réserve objectivement un tel rendez-vous.

- Tout simplement je te réitère le contexte. Sous réserve de me tromper, il s'agit d'une entrevue formelle entre jeunes pour faire du civisme une édification et non un simple slogan trompeur. Il est courant que de telles rencontrent sont souvent organisées dans un but de berner l'opinion publique. La raison actuelle est si sérieuse *que vouloir outrepasser ses principes même fussent-ce élémentaires serait de s'afficher comme un véritable ennemi du peuple.*

- *Que dis-tu des politiciens dont le rêve a toujours été de séduire cette frange aussi naïve. Je prends pour exemple les promesses qui les font courir à longueur de journée sans aucune fin salutaire.*

- *Mathias ! Mathias !! Mathias réveilles-toi car cette époque est non seulement révolue mais pour être précis il est ici question de revenir aux fondamentaux éducationnels.*

- *Ton français est aussi complexe qu'il m'est très difficile d'élucider l'idée qu'il couve. Sois encore plus explicite. Ne m'égare pas dans tes proverbes.*

- **Depuis un certain temps, le monde entier commence à vaciller sous le poids sordide des menaces polymorphes. Il se trouve que par coïncidence les principales victimes des faits outrageux sont des jeunes. Selon l'analyse de façon tacite, les jeunes dans un élan de solidarité ont aussi fait appel à leur bon sens. Ils ne veulent plus figurer dans ce registre déshonorant. Mathias ! Fait appel à ta lucidité pour mieux comprendre une fois de plus que tout acte physique et visible a toujours été précédé par une pensée. Il se trouve ici que le piège a toujours été tendu aux jeunes rien qu'aux jeunes qui par ignorance se laissent dompter dans des théories fourbes.**

Emprunter ce chemin d'unicité est plus qu'un devoir à tous ceux venus communier à l'ombre de cette fraternité. Donne-moi un peu de temps. Je suis encore attendu quelque part pour une petite mission. Ne t'en fais pas je reviendrai. Notre rupture a tellement duré que cette nostalgie trouvera une suite très favorable.

- *Je consens avec plaisir. J'espère que tu respecteras ta parole. Néanmoins, comme tu viens de le dire, nous avons toujours eu mutuellement soif l'un de l'autre pour avoir partagé les mêmes idéaux. Je ne te ferai pas perdre assez de temps surtout que d'un instant à l'autre on pourrait se revoir. Je te réserve une autre surprise encore plus agréable.*

V TEMPÉRANCE CONJUGALE

Mathias regardait de dos son ami et n'oubliait toujours pas son ardeur au combat quotidien. Il est certes présent dans toutes les circonstances du genre mais toujours particulier en sa manière. Convaincu que celui-ci pourrait donner espoir à toute la bande des jeunes, il emprunta ses pas. Chemin faisant, il buta sur une chose non moins intéressante qui lui trottinait encore dans sa petite tête. De tous les échanges des groupes il aurait souhaité écouter parler de la tempérance conjugale de façon ordinaire. Ce prétendu philosophe rêvait d'ailleurs en faire les nuages de la saison de paix en pleine préparation.

Toute sorte d'accointance était attendu car chacun était conscient de toute évidence qu'il provenait d'une famille. La famille selon les réels attributs était la propriété d'une mère et d'un père. Si l'on n'abuse il ne s'agirait pas d'une quelconque dérive ni d'une utopie de la considérer comme telle. Mathias reconnaissait du fond du cœur que la clémence née d'une tempérance conjugale génère toujours et pour toujours une saine ambiance si joyeuse. Sa prophétie semble à la fois concilier d'une part et convaincre toutes les couches sociales forgées à l'ombre des valeurs tant attendues.

Hormis cette exemplarité, aucune erreur ne pourrait glisser dans une telle architecture. La perfection n'étant pas de ce monde, offrons-nous la largesse de recourir vers les érudits de notre époque qui nous aideraient à prévenir *les signaux utilitaires sans effraction de cette tempérance sus évoquée. La lueur d'une telle sobriété s'était réellement affichée dans le pays des hommes intègres. IBULA, couramment considéré, « homme du peuple » était encore dans les environs si bien que s'en référer ne pouvait être interprété par n'importe qui que ce soit comme une quelconque erreur. Les érudits de ce*

bon vieux temps avaient réellement éveillé sinon réveillé un peuple solidaire et a enthousiaste en faveur de la discrimination positive. IBULA était de ceux-là qui nous avais fait la comparaison entre ces deux temps qui habillaient le monde. Porté par un talent inédit, il décrivait de façon captivante la photographie de l'existence de chacun dans le monde. Qui des humains ici présents oserait dires n'avoir pas été enfanté par une femme ? Cette question resta sans réponse confirmant ainsi l'assertion selon laquelle « Qui ne dit rien consent ». De cette évidence, il continuait à féliciter l'éternel tout puissant qui a bien voulu marquer de ses empreintes par un symbole si charitable. En plus du temps mis pour façonner cet univers de la sorte aux dires des livres saints, IBULA resumait la chose en deux paramètres. Sans vouloir se fier à la monotonie du temps, il se plaisait à laisser savoir que chaque jour était divisé en une nuit noire qui précédait une journée lumineuse à l'image de la femme et l'Homme. Comme il aimait le dire, selon les lignées généalogiques, le choix d'une conjointe obéissait à un jeu rituel jamais égalé.

Tous ceci préparait la discipline maternelle dans un but précieux celui de réussir à donner vie à des enfants réellement bénis. Ceux-ci appartenaient beaucoup plus à la communauté qu'à un père et ou une mère biologique connu. Cette figurine bien que symbolique se soit un peu éloignée de notre génération avec tous ce que nous vivons. Comment faire revivre ce bel assemblage à l'unisson dans son intégralité ? Par endroit, nous n'omettons pas les assujettis de la foi qui vient réguler cette valeur. Il évitait toujours d'heurter la sensibilité d'autrui mais fut contraint de relever l'impact de la matière trébuchante couramment dénommer « nerf de la guerre » sur la vie conjugale de nos jours. Il s'agissait là d'une règle qui ne fait pas réellement l'exception selon IBULA. Hommes très avertis, il fit recours à un style anecdotique pour mieux amuser la galerie en attendant le moment opportun des véritables raisons de sa venue à Pouleba. Les oreilles les plus attentives bien se laissaient doucement curer car ce dernier message de l'homme du peuple était réellement attendu. Il annonçait une méthode certes très vieille pour le choix d'une épouse à la grande époque des grands royaumes. Ce récit lui paraissait si édifiant qu'il jugea opportun de le partager afin que certains en face une leçon de vie. IBULA, commençait comme par ses habitudes de lancer encore un nouvel anathème. Il est usuel d'apprendre que l'habit ne fait pas le moine. Quelqu'un parmi ces jeunes très curieux et si attentifs aurait-il une idée contraire ? Le silence de mort traduisait que son appât venait de produire son effet. Il rappela que certes il s'agissait d'un fait légendaire d'une époque mais que chacun comprenne qu'il demeure le sujet du présent qui les animaient tous. Alors une sorte d'invite était donnée à chacun de l'adapter à sa propre personnalité. Il revint à ce sujet tant attendu. Une des plus vieilles conseillères d'un roi de l'époque avait pour mission de scruter et de faire le choix de son gendre parmi les jeunes garçons de son royaume car la princesse venait de connaitre sa maturité. Toute seule, elle commença par explorer les habitudes des jeunes initiés selon la tradition et autres bras valides qui allaient se beigner en bordure de du point d'eau où tous aimaient quotidiennement se regrouper. Toutes courbée sous le poids de son fagot de bois, un des jeunes d'ailleurs le plus rejeté des autres, venait prestement et toujours vers elle pour l'aider à le transporter jusqu'à domicile. Une chose des plus pathétique, bien que rejeton du groupe, c'était toujours après les autres que lui seul avait droit à la baignade. Certes rejeton, mais la mère conseillère découvrait en lui, toutes les merveilles qui convenaient selon elle à la princesse comme époux. Discrètement nichée dans la touffe d'herbe à l'abri de tout regards, elle observait le rejeton. Ce jeune homme semblait être hors du commun car lorsqu'il se baignait, elle découvrait que toute sa chevelure se transformait en des filets d'or ou tantôt en des tresses de diamant. Après l'avoir observé plusieurs fois, elle choisit un jour de se faire accompagner par la princesse qui fut agréablement surprise de découvrir en l'humain de tels mystères. Unanimité étant faite entre la conseillère du roi et la princesse, la mère conseillère alla faire le compte rendu fidèlement. Après être mieux éclairé, le roi ordonna à son grand griot de battre le tamtam prédicateur pour inviter tous les jeunes cavaliers initiés du royaume à se regrouper sur la place publique pour un message très précieux les concernant. L'oralité battait réellement son plein à cette époque au point qu'en une fraction de seconde tous, y compris le rejeton s'étaient regroupés pour recevoir le message du roi naturellement relayé par son griot du siècle. L'homme de la parole annonça le message du roi qui les invitait sous huitaine. Chacun dans ses beaux habits devrait captiver les beaux yeux brillants de la princesse qui était autorisée selon la tradition à faire publiquement le choix en toute liberté de son conjoint. Le choix était si simple que sans aucune influence elle avait pour mission de déposer avec art et douceur le foulard emblématique sans mot dire.

Voici qu'arriva ce beau et grand jour. Pendant que le cérémonial d'installation et de rangement se poursuivait tant du coté du collège des sages composés à la fois des mères conseillères ainsi que les autres parents, chacun sentait une lourdeur inexpliquée tant le poids de l'embarras paraissait difficilement supportable. Qui d'entre ces braves jeunes cavaliers ne rêvait pas appartenir à la famille princière ? Une scission des rangées était automatiquement faite entre les différents groupes sociaux. Si ceci ne pouvait arriver que par erreur. Comment serait-ce possible de ranger la caste des riches dans une même rangée que celle des pauvres. Les riches ou encore mieux nantis arrivaient chacun soit avec un nombre important de chevaux ornés des parures les plus attrayantes pour attirer le doux regard de cette si belle princesse. Autour de ceux-ci certains jeunes issus de la classe modeste allèrent emprunter les chevaux des oncles ou des cousins pour paraitre un peu présentable dans ce rendez-vous historique. Certes la chance semblait beaucoup s'orienter vers les plus riches qui embaumaient l'espace d'une senteur des grillade à l'aire libre qu'ils s'étaient permis autour d'eux sans oublier les incantations historiques pouvant séduire le doux cœur de la dulcinée. La récréation battait son plein avec toutes ces belles mélodies incantées par chaque griot au rythme des kora, violons ou tout autre instrument tel que le kunde. Le moment tant attendu de faire descendre la princesse hautement perchée auprès du roi, se préparait à démarrer lorsqu' arriva à dos d'âne, le dernier des pauvres encore appelé rejeton faisant même l'objet d'une moquerie sans précèdent et de toutes parts. Une forte discrimination entre les plus pauvres le renvoya au dernier rang de la bande. L'inattendu fut fait par le choix de cette belle princesse. Un grand silence régna dans cette grande assemblée totalement outrée par ce choix. Les uns attendaient le revers à travers les plaintes d'un si grand roi. Ce beau foulard historique se retrouva sur l'épaule droite du plus pauvre de ce royaume. Pour les plus offusqués notamment les plus riches, qui utilisaient à souhait l'exhibitionnisme pour attester leur capacité à mieux entretenir la princesse, la déception fut si grande qu'elle imposa au temps un silence de mort. Mais rien n'était encore perdu. A partir du tamtam prédicateur, un autre message du roi redonnait espoir aux cavaliers car une dernière épreuve attendait inlassablement derrière le destin avant le jour de la célébration de la noce princière à la solde du roi. Selon son grand griot, séance tenant il venait d'apprendre par le berger de ses troupeaux que de grands ravisseurs venaient une fois de plus de traverser son royaume en ravissant une grosse proportion de son cheptel et même tuèrent certains de ces braves gardes. Le choix est certes fait mais, si confiant à ses jeunes cavaliers, il leur intimait de ramener tout le cheptel et sanctionner ces grands ravisseurs qu'il ne souhaiterait plus revoir ni entendre parler aux abords de son royaume. Le jeune cavalier le plus héroïque qui aurait fait montre d'une réelle bravoure pourrait ravir à nouveau la princesse au détriment de son seul choix. Un nouveau souffle régna instinctivement. Les chevaux se mirent en transe.

Une saison de paix

Rapidement chacun courait vers les mânes, les chefs de terre, les forgerons de la tribu ainsi que les griots pour implorer les grâces et bénédictions qui pourraient désarmer tous les adversaires. Mieux, ils sollicitaient doublement les forgerons qui au-delà des bénédictions devraient aiguiser les lames des sabres, lances, et le bout des flèches. Encore tous regroupés et sur de grands chevaux de guerre et bien disposés devant le roi, le rejeton quant à lui s'amena encore à dos d'âne et armé d'un simple bâton comme épée. Il fut encore renvoyé à la queue du peloton et subissait toute sorte de moquerie. Cet élément -ci selon les souhaits de part et d'autre risquerait d'être la première victime de ces ravisseurs. Comment à dos d'âne armé d'une lance comme un berger derrière un troupeau de caprins pourrait-il défier des archers de grande renommée armés de lances, d'arc, et de sabres les plus tranchants .

La princesse était ramenée au fond de la case ronde aux décors mythologiques pour ne point être mêlée ni de près ni de loin à cette épreuve si fatidique. A mille pieds de la contrée la troupe commençait à soupçonner que l'ennemi n'était plus loin et qu'un plan méthodique s'imposait à la cavalerie. Le rejeton semblait selon ses d'aurevoires être encore très loin sinon risquerait de ne pouvoir prendre part à ce combat. Tous, s'arrêtèrent brusquement à un rond-point stratégique. Plutôt que s'adapter une attitude professionnelle, ces grands archers se mettent à affiner un plan magistral pour réussir la mission, ils perdaient leur temps à se chamailler fortement. Cette attitude illustrait que tous ces jeunes étaient sans une moindre expérience dans le domaine. Séance tenant sortit du buisson un grand archer enturbanné sur un cheval hors paire et fortement armé s'amena vers eux et compri par leur attitude que tous n'étaient que des peureux. D'un geste magistral, il fit venir vers lui un porte-parole du groupe auquel il promit son aide. Il laissa savoir qu'aucune armée ne pouvait lui faire face. Le porte-parole fit le compte rendu fidèlement à l'équipe qui trouva en cet homme une réelle alternative pour la fierté et l'accueil triomphale qui leur étaient réservée de retour excepté le rejeton. Une telle aide était réellement attendue. D'aucuns prétextaient qu'il s'agissait des fruits de certaines bénédictions. Le porte-parole de la troupe revint acquiescer l'offre qui leur était faite gracieusement, tous les membres de la troupe étant tous du même avis. Ce sauveteur rassura le porte-parole de satisfaire leurs attentes en une fraction de seconde à une seule condition que chaque cavalier l'autorise à trancher le pavillon de son oreille gauche. Il insista qu'il s'agissait là de seule condition pour désarmer l'adversaire et de restituer à l'armée toutes les troupes de troupeaux ravis. Après plusieurs hésitations, les jeunes cavaliers se livrèrent contre leur gré à cette décision honteuse. La douleur subit par chacun l'obligeait à se demander du sort qui serait réservée au rejeton qui jusqu'ici n'était pas encore arrivé. La vengeance devrait être unique pour combler et apaiser la douleur subie de tous. Le porte-parole fut le dernier et laissa libre le sauveteur qui en réalité parvint à décimer rapidement la bande des adversaires et ramena tous les troupeaux du roi à ses cavaliers très confiant d'avoir accompli leur mission. Tous s'accordèrent d'une chose, la confidence réservée au plan ou à la stratégie utilisée pour réussir cette mission si complexe de l'opération. Quant au sort réservé au rejeton qui n'a pu prendre part à ce rude combat, sa tête sera mise à prix comme la seule récompense souhaitée par tous au jour de la célébration de la noce. Surtout il est formellement défendu que personne ne se trompe évoquer l'absence des pavillons d'oreilles. De retour comme prévu, les cavaliers croisèrent le rejeton toujours se débattant avec son âne pour rejoindre la troupe aux champs de bataille. Ce fut une sorte de peine perdue, les autres cavaliers se moquèrent de lui, jetant sur son regard de l'opprobre de toute nature. Prétendre épouser une princesse armée d'un simple bâton de pèlerin comme pour combattre contre des troupes si équipées, à dos d'âne n'était qu'une défaite signée par soit même, tel semblait être le message lancé sur son visage crispé de honte. Quelle ne fut la belle surprise du roi de revoir tous ses cavaliers même les boiteux retourner triomphalement dans sa bassecour avec tout le cheptel de chevaux, chameaux, taureaux et même les caprins. Pour complaire à cette grande satisfaction du roi, le grand griot entonna de toute sa verve sacrée, les éloges historiques qui fortifia davantage toute la troupe. Plutôt que d'attendre la promesse venant du roi, le porte-parole preta au grand griot une des récompenses la plus attendue de tous qui au-delà comblerait réellement au mieux possible le cœur de chacun d'entre eux. Tous avaient souhaité que la tête du rejeton soit tranchée en public car il avait brillé par son absence à l'ombre des touffes d'herbes hautement dressées en attendant le retour des autres. Pour preuve, ce personnage n'avait jamais ressemblé à un véritable guerrier. Le griot haut et fort porta ce grand message du porte-parole de la cavalerie au roi ainsi qu'à toute la contrée. IBULA secoua la tête et parachevait sa perception en déduisant que c'est à ceci que ressemble le monde avant de poursuivre. Convaincu de tout ce qu'il venait d'entendre, il acquiesça la sollicitation et leur donna encore un autre jour pour festoyer cette victoire au cours duquel il mettra à exécution leur sollicitation. Ma romance loin d'être la plage des contes de fée est un réel éveil des consciences. Nous sommes tous à l'attente d'une moisson des fruits bienfaisants qui proviendraient de cette saison de paix qui continue d'alimenter le soleil d'espoir. Il ne s'agit point pour nous de vouloir habilement prêcher en faveur des rêves d'espérance qui pousseraient tout être humain à devancer l'iguane dans l'eau. Bien au contraire, nous relatons en qualité de relais des faits sociaux qui ont façonné et continuent d'alimenter l'esprit humain avec des parasites nocifs et dangereux qui ne pourraient jamais nous unifier. Quand arriva le grand jour du rendez-vous tan attendu, l'émulation était certes à son comble mais avec l'impatience, le rejeton attendu tardait toujours à se présenter au bourreau déjà choisi. De part et d'autre, les commérages se poursuivaient entre les différents et talentueux cavaliers du royaume. Le seul sujet du jours, après l'avoir sacrifié chacun se posait la question de savoir qui d'entre eux pourrait véritablement être l'heureux élu comme gendre du roi. Par ailleurs, certains ne tardaient pas à prétexter que ce rejeton par peur de se faire trancher la tête en public en un si grand jour a dû prendre la clé d'escampette au regard de ce grand bucher déjà dressé par le roi pour célébrer ce grand triomphe de ses braves cavaliers. Tout en se mettant à une telle place que personne ne souhaite, la majorité cependant affirmaient sans hésiter qu'il se serait certainement évadé pour échapper à un tel sacrifice. Hallucination ou quel type de perturbation que vivait instantanément chaque cavalier en constatant l'arrivée de leur seul et émérite sauveur enturbanné dans un tel lieu en pareille circonstance. Certains d'entre eux se frottaient énergiquement les yeux non pas pour confirmer qu'il s'agissait effectivement de celui-ci mais bien plus, faire allusion à une ressemblance qui les sécuriserait mieux d'une véritable honte. De nos jours les similitudes sont légion si bien que cette coïncidence paraitrait proche conclurent les autres cavaliers. IBULA !!! encore IBULA !!! Aussi innovant qu'elles poussent, les captivantes interventions de cet homme, au-delà des formidables leçons de vie, il vous suffisait de lui donner l'autorisation qu'il vous revenait toujours avec des surprises inattendues. La véritable description de l'humain venait de s'entamer vers une destination inconnue. Tous les cavaliers du roi étaient étourdis de voir l'arrivée d'un tel personnage dont personne n'avait pu réellement identifier le visage ni aucun trait physique. Ce dont personne n'avait encore oublié, il s'agissait uniquement de cette atroce douleur subi par le pavillon auriculaire tranché.

De tous les chuchotements, bien que ce soient des redites, l'inquiétudes régnait au point que l'on se demandait vertement que venait-il réellement faire en ce lieu-ci s'interrogeait intimement chaque cavalier.

Pour mieux se consoler quelques cavaliers prétextaient qu'il serait l'honorable invité du porte-parole qui l'aurait personnellement fait pour la circonstance. Il prit tout son temps et se présenta au griot sérieusement médusé de le voir dans un tel accoutrement. Serait-ce par le fait de la fête ou pour une autre raison car il est toujours arrivé à dos d'âne. Aurait-il emprunté ce beau cheval aux décors jamais égalés n'empêche le bucher est bien dressé et l'attendait depuis un long temps. Tout en s'inclinant devant l'autorité royale entourée de tous ses sujets et valets du royaume, il sollicita un mot avant de se mettre à leur disposition pour toute fin utile. C'est à partir de cet instant que quelques-uns des cavaliers soupçonnèrent le personnage caché derrière cet accoutrement. Après avoir obtenu

l'autorisation, le sujet se dévisagea pour se présenter à l'auditoire qui sans rechigner, reconnut instinctivement qu'il s'agissait effectivement du prétendu rejeton. En prélude à la honte qui devrait inévitablement en découler poussa certains des cavaliers très loin du regard du roi, se trouvaient des excuses soit pour se désaltérer afin de pouvoir s'évader dans tous les sens. Les plus courageux attendaient devoir le sort qui leur sera réservé. Le grand griot, s'approcha à ses cotés pour relater haut et fort le message tant attendu. Celui d'une voie si audible et d'un talent très habile prêté par ses ancêtres racla la gorge de toute souillure à nouveau car, il savait que dit message devrait enfanter quelque chose d'inoubliable dans ce royaume surtout en présence d'un roi si exemplaire. A ses débuts lorsqu'il descendit de son beau cheval, il s'inclina devant la horde des autorités pour une civilité hors pair au roi avant de faire mention particulière à toutes les mères de la contrée. Il rappela que son éducation, il n'a jamais manqué du respect à qui que ce soit dans ce royaume qui l'a vu naitre. Mais avant tout, il sollicita la gracieuse bonté du roi pour tous ces cavaliers amassés en face de lui avant ses aveux He bien c'est bien moi le rejeton de la mêlée qui toujours a subi toutes sortes d'injures et de menaces de tourtes nature jusqu'à l'ultime souhait de ceux-ci qui pour mieux festoyer ont exigé pour trophée la tête du rejeton que suis. Il annonça que loin de lui l'idée de venir implorer le pardon pour échapper à cette sanction, il s'incline à nouveau devant chaque cavalier présent pour la petite douleur qu'il fut obligé d'imposer à chacun d'entre eux avant de conquérir à lui seul ce cheptel qui explique leur triomphe du jour. Au-delà de toute considération, les humains demeurent des frères jusqu'à la fin des temps. Avant de poursuivre le récit,

Une saison de paix

il présentât à nouveau à chacun de ses frères les excuses les plus sensibles tout en exhibant la preuve de ses forfaits douloureux imposés à chacun avant de s'engager de mettre en déroute les ennemis du peuple sinon du royaume. Peu importe que sa tête soit exhibée comme un trophée de guerre en hommage à tous ces peureux cavaliers, un jour inattendu s'amène nonchalamment pour éteindre le souffle de chacun de tous ici. Sous réserve d'omission ou d'une quelconque erreur,

malgré son très jeune âge et selon les dires de ses devanciers qui lui étaient très proches, le mensonge a toujours séduit par son éloquence. S'il s'était réellement permis de solliciter la clémence la mieux réfléchie à cet instant, à chacun de ces cavaliers du royaume, il rassura le roi qu'un fait inédit le lui permettait. En dépit de l'anxiété et de l'inexpérience qu'il constata en chacun d'eux, fier et intrépide archer hérité de ses parents qui depuis la nuit des temps ont toujours triomphés de façon héroïque, il fut le seul guerrier de tous ces cavaliers cachés derrière les éloges mensongères à mettre en déroute tous ces ravisseurs liés certains comme esclaves encore abandonnées dans les touffes d'herbes comme preuve. Depuis sa naissance, aux dires de sa mère nourricière, il lui était formellement défendu de mentir, de tromper et mieux de ne jamais rendre le mal par le mal. La formule de courtoisie adressées à l'endroit de ses confrères cavaliers s'expliquerait par ce fait insolite que le temps lui dictait avant de s'engager solitairement dans cette bataille historique. Il tendit instantanément et respectueusement un paquet emblématique au griot avant de lui relater son contenu. Le grand griot reprit à nouveau sa translation à travers une emphase plus professionnelle et plus captivante. Au grand griot de tout reprendre avec aisance. Longtemps encore longtemps était passée une époque de forte tristesse et de désolation. Ce cavalier ici présent est issu de la lignée d'un brave archer arraché de force au temps de l'esclavage. N'eut été le manège utilisé par les pulvérisateurs d'endormissement qui finit par lui imposer un phénomène affaiblissement général de toute sa robustesse, aucun colon même le plus expérimenté n'aurait pu l'aliéner par ces grosses chaines à l'image de celles entassées à l'ile de Gorée. C'était après ce départ inattendu et involontaire que commencèrent les interminables lamentation de cette charmante et séduisante femmes noires aux yeux d'or à laquelle l'esclavage venait de ravir son inoubliable conjoint. Connaissant la transmutation des humains surtout ceux-là qui pour un seul miroir ont vendu leur conjoint aux colons qu'elle ne saurait jamais pardonner, elle, s'en alla dans le sens d'un vent salvateur pour sauver ce beau garçon qu'elle abritait depuis trois mois dans ses entrailles. Ce moment si austère et fortement humiliant pour la race noire, est apparemment certes révolu mais s'est trouver reformaté sous une autre forme. Ce chamelier dans un accoutrement si attirant est né de cette mère loyale qui en rendant l'âme lui a légué un pouvoir mystérieux. Le seul message marquant et inoubliable qu'il a reçu comme héritage de sa précieuse et inchangeable mère avant de s'éteindre pour l'éternité. « Mon fils, tu demeures la semence d'une intégrité qui ne s'effritera jamais en toi. Certes tu resteras invincible car mêmes toutes ces belles étoiles du ciel sont des cavaliers et viendront toujours combler ton triomphe. Demeure humble et doux rêveur du temps qui compte toujours sur l'espérance qui habille le futur de tous chaque jour qui précède la nuit reposante à souhait. Domine tes pairs par ta sérénité pour davantage connaitre l'insatiabilité de l'Homme mais sa soif de demeurer toujours à la course d'un pouvoir jamais acquis. Mon fils demeure la somme d'une dignité infinie qui doucement re permettra d'éteindre la flamme fortement brûlante de l'orgueil de tes frères. Nul n'est au-dessus de la raison apprend seulement à connaitre le monde et aide les autres à comprendre l'importance et la valeur réelle du pardon mutuel. De part et d'autre la trahison et le mensonge sont couramment les maitres mots qui t'environnent au quotidien. Mon fils tu es magnifiquement béni mais plein de mystère qu'aucun être humain de ta trame ne saurait te ravir. Pour ce faire pardonne toujours quel que soit la gravité de ta douleur, car c'est de ce pardon que naitront l'ombrage des cœurs apaisés, le calme serein des fougues infructueux et enfin la douceur du temps qui enfante la fraternité des peuples. »

Le jeune cavalier pour calmer davantage ses frères dont certaines se préparaient à fendre les broussailles, il rassura que les lobes d'oreilles ici présent n'étaient seulement qu'une preuve à présenter au roi. Loin pour lui l'esprit d'une vengeance sinon le désir de s'imposer une justice qui pourrait réveiller la nervosité du roi face à ce constat humiliant, il vient de ce pas pardonner. Plutôt que de souhaiter sa tête comme un trophée pour célébrer avec brio cette, apparente victoire, tout en implorant l'indulgence du roi, il demande à chaque cavalier de faire preuve de retenue et d'avouer en âme et conscience qui bien pu vaincre la meute de fauves assoiffée. Il revint sur ces propos en ajoutant que seuls ceux qui auraient été réalistes trouveraient non seulement la santé mais également les lobes d'oreilles précédemment tranchées collées mystérieusement à leurs places. Au grand griot de vouloir mieux comprendre cette dernière affirmation anecdotique pour se rendre compte que le paquet qu'il tenait n'était rempli que de morceaux d'oreilles. Afin de limiter une large diffusion de ce genre d'information qui pourrait compromettre toute la cavalerie devant l'honorable roi, le porte-parole s'approcha du griot pour objecter les dires du rejeton. D'un souffle mystique il ramena à chacun son lobe auriculaire. Tout en s'inclinant devant le roi pour s'en remettre à sa décision, IBULA le vieil érudit se résumait par dire à toute cette jeunesse, ici présente à la quête d'un lendemain meilleur que seule l'union et ou l'unité seule peut faire la force. Depuis quand le mensonge a-t-il produit quelque chose d'utilitaire à l'individu, la famille, voire la société sinon l'humanité entière. Comme les humains aiment à le dire, un mensonge ayant séjourné sur terre pendant quarante ans et plus devient de facto une vérité incontestable. Voyez-vous à quel point, la balance de ce jeux intarissable sous toutes ses formes de mensonges qui fait souffrir le monde ainsi tous ses fils que nous sommes. Lorsque chacun d'entre nous parviendrai à épouser la clémence de ce jeune homme, ce vaste

Une saison de paix

ciel qui nourrit la nuit et le jour de notre séjour sera vêtu d'une splendeur jamais égalée. Aucun regret, sous cette tunique étoilée qui asphyxie la remontrance, le sauve-qui peut et étouffe dans un silence sans douleur la domination venue pour désorienter les humains. Rien d'autre que ça comme le diagnostic de notre époque. A beau vouloir se substituer à l'être suprême nous nous sommes desservis de notre intelligence. Les preuves sont à foison. Pour quelle raison doit-on avoir la prétention de nourrir une intention de tuer un frère en spectacle pour prouver notre suprématie. D'ailleurs n'est-ce pas là, la confirmation de notre bestialité sinon, notre propre ignorance des idéaux relatifs aux principes de la valeur réelle d'une fraternité. Pensez un jour à cette folle anecdote pour toujours jusqu'au soir de votre séjour sur terre « plus fort que moi tu m'as tué, mort je le suis !!!! Même encore plus fort tu ne m'as pas tué, mort je le serai !!!! » Alors mes frères, désarmez le monde entier car, la saison de paix n'est plus loin si nous sommes avisés d'une grave erreur, un petit retour aux fondamentaux pour conjuguer et réconcilier le passé et le présent n'est point une faiblesse. IBULA avant de conclure sa réflexion sur la tempérance conjugale aperçu Mathias qui arrivait à grande enjambée pour le conduire honorablement vers le site des grands débats. Avec plaisir et avidité d'être détendu jusqu'à ce point, il reprit tout en rassurant d'être à l'abri de toute invective et pourrait arriver dans quelque minute. La meute de fauves qui faisaient de la femme une brute de tout temps sont de nos jours hors d'utilité. Toute femme représente celle unique qui nous a donné vie. Les mérites à lui vouer demeurent immenses et incommensurables. Si de moi vous souhaitez conseil, je vous réfère tous aux dictons de la mère du rejeton dont l'histoire vous sera complétée un de ces jours.

Néanmoins, en voici un petit exemple concret pour davantage étancher cette soif. Retenez ceci pour vous les futuristes. Il ne s'était passé de jour qu'elle avoua avoir eu recours à un bonimenteur très puissant à la quête d'une réelle harmonie conjugale mais en vain. Celui-ci sans aucun doute semblait très talentueux mais beaucoup plus dans le mensonge qu'elle ne tarda pas à déceler précocement.

Dans ses premiers propos elle l'entendit prétexter selon ses divinités qu'elle était enceinte d'une semaine et qu'elle menaçait de faire une fausse couche à une condition drastique. La seule condition de sécuriser la grossesse était d'accepter sans aucune contrainte se déshabiller totalement nue devant ces objets de divinités. Au pire des cas, elle devait rester sourde et muette et fermer les yeux avant de s'étaler sur un canapé magique. Pour parfaire son mensonge, il ajouta que beaucoup de mystères jamais vus se passeraient pour un temps donné et elle se sentirait libérer. Mes très chers jouvenceaux, imaginéz un tant soit peu une telle exposition et ces risques encourus par cette dame vertueuse pour sauvegarder son foyer jusqu'à l'instant où nous en parlons. Cette dégoûtante occasion se présentait comme une séance de confession invitant de ce fait chacun d'en faire une leçon de vie. Dès à présent sachez-le que ceci n'arrive pas qu'aux autres.

Enfin pour une dernière qui affecte cette tempérance tant souhaitée en voici pour éclairer votre lanterne. **Ces moments-ci était arrivé un jeune délateur chassé d'une autre agglomération qui cherchait un abri.** *Touchée par la souffrance physique de ce dernier une amie qui traversai les mêmes péripéties de stérilité, accepta le jeune homme. Celui-ci se fit un vrai serviteur très respectueux mais hélas celui-ci était drapé d'une tunique d'honnêteté apparente.*

Puis un jour il vint voir sa mère adoptive pour lui avouer une indiscrétion. Dans cette indiscrétion, il lui rapporta avoir entendu des propos de son époux relatifs à un projet d'épouser une autre femme. Au regard de l'attachement que lui avait toujours porté cette mère, était devenu une mission pour lui de la défendre comme cela pourrait être possible.

Marquée par une confiance inouïe en ce dernier, la bonne dame pris réellement pour comptant sa parodie. Très rassuré d'avoir amadoué cette dame, il lui revint avec une autre version aussi dangereuse que l'on pouvait l'imaginer. Tout en s'assurant auprès d'elle de pouvoir convenablement exécuter sa doléance, il lui demanda d'user de toute sorte de ruse pour lui ramener quelques barbiches de son époux à la première heure du jour.

Avec cette barbiche il pourrait selon lui préparer une potion qui ferait d'elle l'unique et fidèle femme du foyer à vie. Très comblée d'avoir obtenu une telle grâce, elle s'y attela. Elle alla se faire aiguiser un couteau pour faciliter son opération une fois la nuit tombée.

Très rapidement, le même jeune homme se retrouva devant l'époux qui se trouvait être un très gentil père adoptif.

Recroquevillé sous une humilité dépourvue de galanterie, il s'entretint avec celui-ci. Comme à l'accoutumée, sous ses principes de courtoisie, il se confia à son père adoptif et lui rapporta quelque chose de très sérieux.

Vu tout le temps qu'il aurait passé sous ce toit, il bénéficiât de tout temps les soins dévolus à tout enfant très aimé. Ainsi, soupçonner un danger et ne pas en parler serait avaliser tous les méfaits qui pourraient compromettre l'harmonie conjugale.

Caché derrière un buisson et à l'abri de tout regard, il aurait entendu sa mère adoptive ourdir un plan de meurtre pour avoir entendu que son époux se préparait à prendre une deuxième épouse. Ainsi, il lui pria de prendre toutes ses précautions. Une fois au lit, il lui recommandait de faire rapidement semblant d'être profondément endormi, ainsi au premier geste il pourrait s'en sortir au mieux pour éviter le pire car elle tentera sans doute de l'égorger.

Une saison de paix

Dès la tombée du soleil il restait attentif à tous les gestes et faits tant du père adoptif que de la mère adoptive. Une fois engagé, les cris fusaient de toutes parts. Une femme aurait égorgé ! non un homme aurait ou tout autre chose un meurtre était commis. Le jeune fini par disparaitre en diffusant le message de toute part tout en ignorant les motivations d'une telle attitude. A ce prix savoir raison garder en pareille circonstance est certes nécessaire mais les femmes ont toujours payé ces frais de basses besognes. IBULA venait de mettre fin à ces multiples enseignements à cette jouvence qui en fut très satisfaite mais émerveillée pour ces belles leçons de vie très utilitaires. Afin de combler le tableau après le départ du vieil IBULA l'érudit, un jeune très éloquent emprunta ses pas comme pour dire que tout ce monde venu célébrer la saison de paix possédait autant d'idées à partager pour mieux l'agrémenter.

Celui-ci reprenait l'historiette d'un grand devin dont lui seul détenait les secrets. Sans se mettre à la marge de la tempérance conjugale dont parlait IBULA, il relevait l'histoire d'une autre dame similaire au précèdent cas sus évoqué dont la surprise fut très impressionnante. Majestueusement reçue dans sa case lugubre au décor mystique, celle-ci lui avoua l'objet de sa consultation en ce lieu. Après une forte exploration mystique dans un silence trompeur, des propositions utiles sinon très utile à tous commençaient à être égrenées. Abréger la vie de sa belle-mère le plus rapidement possible car elle rendait la vie conjugale si difficile qu'elle n'en pouvait pas. Pour ce faire, le devin lui tendit une décoction multicolore tout en lui demandant de l'utiliser pour faire la vaisselle et la lessive de tout objet issu de sa belle-mère sur un temps donné. Pour une meilleure réussite de cette mission et afin d'obtenir un résultat rapide et prompt résultat selon ses vœux, la seule consigne secrète était de tout mettre en œuvre pou que cette belle-mère n'en sache rien.

Une saison de paix

Ceci suppose de renforcer discrètement la séduction au mieux possible cette belle mère pour faciliter et accélérer l'opération. Toute séduite, et très contente, elle revint et commença comme prédit. Dès qu'elle engagea la démarche, quelques jours après elle revint voir le devin pour dédire sa décision d'abréger la vie de sa belle-mère. Au-delà elle lui demanda de lever cette sanction qu'elle jugea malsaine et souhaita de renforcer leur harmonie. En réponse, le devint d'exiger plus de rente que de devises prévues.

En parlant de ces devins, il y en a qui sont très parfaits dans le renforcement de l'union des cellules sociales et surtout la tempérance conjugale.

Ce devin-ci en était une parfaite illustration qui par ses approches a pu soigner minutieusement les dérives entre parents et alliés. Ce genre de crise est fréquent mais dommage ne rencontre pas de conseillers occultes encore moins de conseillers spécialisés du domaine tel point que la proportion des disharmonies ne fait qu'augmenter à longueur de journée comme les divorces qui font légion. A chaque carrefour, au moment où les uns se regroupaient autour d'une union, les autres animaient la vindicte populaire sur des sujets de médisance. Les voisines entre elles se convoitaient au moment où les voisins rivalisaient pour toujours paraître. A quoi ressemble ce beau monde qui s'effrite socialement ? Dans un climat aussi délétère qu'incertain, la progéniture que sont les enfants assistaient toujours muets mais continuaient d'enregistrer ces horreurs.

Tout en s'incrustant dans un schéma éducationnel aussi violent, ils grandissaient et murissaient tous forger dans une épouvante civilité nourrie par les multiples désaccords. Tout en secouant la tête, Mathias se demandait quelle imagination fertile possédait ce jeune homme qui venait de conter une si belle légende après le vieil IBULA.

Après avoir fait le tour de tous ses sens d'appréciation, il finit par confirmer que ce jeune s'apparente beaucoup plus à un moraliste. L'objet ci était loin de s'attacher à de telles confabulations mais bien à forger l'espoir au cœur de chaque pèlerin du jour. Tous y étaient de passage, pour une cause aussi noble.

Si pour certains, était d'avoir du travail, d'autres au contraire profitent de la circonstance pour exposer leurs talents d'usurpateurs. Mathias se résolut à éloigner ce jeune homme d'une telle bande. Rien qu'à voir les traits stoïques sur sa physionomie luisante couplée à sa locution exaltante, ce jeune homme couvait réellement un mérite exemplaire. Il se réservait de revenir sur les exploits d'IBULA connu de tous comme son surnom le conforme un érudit est nanti d'une vertu indescriptible.

Entendre un témoin de l'histoire comme celui-ci, interpelle à plus d'un titre. La réverbération de tout un chacun le renvoie ou confirme réellement la théorie et la nuance des âges. Il s'agit de celle relative à une âme de quatre-vingt-seize ans forgée dans un corps de seize ans. Mathias se rapprocha davantage de ce talent. Il semble lancer dans l'allure de l'érudit précédemment évoqué certainement. Ce rapprochement, ne l'éloignait pas de son attention vers Jacques. Avoir d'aussi précieuses dépêches sur un fait banal, n'exclut pas une autre aptitude sur la raison actuelle. En voici encore une des raisons qui déclencha le curieux Mathias dans des échanges d'idées.

- *Oh ! Oui quel palmarès ? puis-je connaitre le nom de mon jeune frère ?*
- *Avec plaisir je me nomme Job et vous ?*
- *Je me nomme Mathias le pèlerin ! ce fut pour moi un réel plaisir d'avoir appris beaucoup de choses avec votre anecdote. Cependant, j'ai de la peine à faire un lien avec l'objet de notre randonnée ici à Pouleba.*

Une saison de paix

- *Avant toute chose, permettez-moi d'émettre une petite réserve ! C'est certainement ma petite taille qui vous a fait dire que je suis votre jeune frère. Vous ne me connaissez pas par contre je sais beaucoup sur vous et sans crainte de me tromper vous paraissez être mon petit frère direct.*
- *Toutes mes excuses Job. Ce que vous venez de dire est tout à fait juste. C'est une erreur de ma part de vous avoir confondu de la sorte. A partir de cet instant-ci, je commence à comprendre que la comparaison entre taille et âge doit être toujours nuancée et de ce fait je prendrai à juste titre beaucoup de précautions. Surtout savoir soigner la courtoisie et tous les principes élémentaires du respect d'autrui.*
- *Venons-en à l'essentiel Mathias ! Voyez-vous, ce que je disais était tout simplement pour animer la galerie et non d'en faire une corrélation avec l'objet de notre regroupement. Votre question est certes pertinente pour nous interpeller indirectement de nous attacher aux idéaux de ce grand rendez-vous. Le contexte dont il est ici question s'inscrit tout simplement dans une simple distraction en attendant l'essentiel. Sous réserve de me tromper, le constat est que les gens se sont retrouvés en groupuscule pour échanger sur plusieurs thématiques. Mathias, il n'est pas exclu qu'après avoir suivi ma légende que vous puissiez en déduire un lien quelconque.*

- *Job peu importe l'orientation que vous faites de cette intervention. Elle m'a sérieusement séduit au point que je me suis dit qu'elle pourrait couver une sagesse à partager entre frères. Voyez-vous le contexte actuel ne peut s'émerveiller assez facilement que par ce genre de morale. Nous venons pour l'édification des jeunes à travers un forum comme celui-ci. Ainsi dans la diversité du paysage tout message devra avoir une connotation d'émerveillement sinon de conscientisation par moment, c'est même ce qui me pousse à savoir ce qui pourrait se deviner entre ces lignes de votre fable. S'il ne tenait qu'à moi, je l'ai trouvée très accrochant dans sa globalité et tous ceux qui l'ont écoutée ne me diront pas le contraire.*

- *Une telle appréciation de la part d'un pèlerin fait toujours son effet de satisfaction. Mais en tant que frère ainé, si cela ne vous dérange pas allons à l'essentiel. Car je soupçonne un embarra qui semble la préoccupation de tous. Par cela je veux insinuer que nous sommes tous embarquer sur un navire dont nous ignorons la destination. Que sommes-nous venus pour faire ici ? A quelle surprise prétextées- nous attendre d'un tel forum ? Mon frère, soyons seulement optimistes et forts. Les choses ont évolué de façon meilleure. Nos craintes d'hier de voir le ciel tomber sur nous comme un déluge souhaité sont révolues et appartiennent maintenant au passé. Aucune aliénation de quelque nature que ce soit ne doit habiter l'esprit ni le cœur d'aucun jeune de ce pays. Nous avons franchi le rubicond sans aucune crainte devant les gros éléphants aux pattes d'argile très fragiles. Le vent actuel n'est plus plaintif. Mathias, vous m'offrez l'opportunité de rassurer les jouvenceaux. Permettez-moi d'y aller. Je parle sans fougue ni dédain à l'endroit de qui que ce soit. Personne n'ignore les principales préoccupations de cette jeunesse à cet endroit sur pied depuis les soixante-douze heures.*

- *Quelle éloquence Job ? J'admire cette verve sans adverbe fâcheux mais réellement façonnée pour défendre une cause une et une seule cause ; celle de la jeunesse abandonnée. Merveilleuse est cette chaleureuse détermination que vous me permettez de découvrir en vous. Je ne me suis pas trompé d'être venu à vous mon grand frère Job. Vous venez effectivement de lever le lièvre. Il est tout à fait juste et raisonnable de partager vos aspirations. He bien tout semble professer la même trompette. Il ne nous reste qu'à attendre. Mais avant, si ce n'est non plus de chercher à trop savoir quelle serait la raison de tout focaliser sur la jeunesse ?*

- *Mathias, pour être très réaliste, la jeunesse ne peut se définir par une quelconque tranche d'âge. La noblesse de ce groupe épouse beaucoup plus avec la vertu que tout autre chose. Je suis très sérieux d'aborder ce concept de la sorte. Ecoute-moi bien, il s'agit beaucoup plus des raisons qui nous martyrisent tous. Ici nous nous trouvons ici à Poulebas, village très réputé dans la promotion des œuvres culturelles. L'environnement est propice pour faire et instruire les bonnes œuvres. Tout de suite au moment où je m'apprêtais à vous expliquer cette affirmation, un moustique voltigeait et piquait à un rythme inquiétant. Ceci pour insinuer que toi et moi seulement savons ses dangers sinon ses conséquences.*

- *Je ne comprends pas aisément cette interférence et il serait souhaitable de rester toujours accrocher à notre défi.*
- *Le lien est pourtant très évident et j'insiste. La piqûre d'un moustique a pour conséquence une maladie couramment appelée paludisme. La cause et sa propagation n'est pas loin. Autour de nos actes, nos propres actes nous cultivons les gites larvaires dont la mission est d'augmenter quotidiennement ces moustiques. Une des conséquences repose sur notre ignorance qui contribue à élargir la propagation de la maladie. Les flaques d'eau, les poubelles humides non curées que nous entretenons nous-mêmes sont nos propres cimetières que nous fabriquons.*
- *Je commence à mieux comprendre. Tout est et reste intimement lié. Le contexte est propice pour considérer certaines pratiques comme inciviques. Pour soutenir cette réflexion, la pollution environnementale ayant pour conséquences, la prolifération des gites larvaires des moustiques avec pour finalité une mortalité sinon morbidité fortement élevée. Ce que je ne peux oublier de*

Une saison de paix

vous faire part, retenez une seule chose, les enfants innocents constituent les franges les plus exposées sans oublier les femmes.

- *Je disais avoir compris le lien entre ce que tu évoquais et celui qui nous réunit ici mais je commence encore à emmètre des doutes.*
- *Les opinions semblent peut-être insuffisamment comprises mais je vous prie de faire une comparaison entre le comportement des humains, les conditions de traitement environnementales qui semblent beaucoup plus élever les moustiques. Serait-ce des attitudes de civisme ou d'incivisme ? La réponse laisse pantois toute personne sensée. Je ne dirai pas plus que les faits qui sont illustratifs en matière d'incivisme.*

Tout en observant le mouvement des autres confrères, non sans vouloir poursuivre la polémique sur cette thématique superflu, Mathias avisait son interlocuteur que l'heure approchait.

Bien qu'insatisfait de ses arguments, il perçu en lui une aptitude exploitable dans un autre contexte. S'il n'est pas un avocat, il serait mieux pour lui d'affuter sa tenue d'un politicien d'Afrique.

Car il ressemble beaucoup plus à ceux-là qui pourraient à la minute transformer le mensonge en une vérité indiscutable. Assez bon orateur qu'il paraisse, il semble être aussi une convoitise des parents pauvres. De passage, ils arrivèrent au bord d'une lisière où, ils furent tous capturer par un traditionnaliste qui égrenait une psalmodie très riche en morale.

Sous une mélodie que vrille l'accordéon, des paroles empreintes d'une douceur endormante s'élevaient.

Est majestueux le soleil levant des faits de dignité qui au soir consolent
A l'ombre de ces majestueux soit nichée une jeunesse flamboyante
Maçonne d'espoir elle peint la loyauté d'une guirlande verdoyante

Si par grâce je peux vivre sourd devant les tourments qui l'aveuglent

Alors que pardon anime ma langue pour ne point fantasmer l'opprobre

Si sage dame nature épouse ce beau paysage aux soins d'une unité joviale

Avec moi voyez toutes les rayures du beau qui conjugue avec succès fraternel

Vanter comme savant ce vent d'estime longtemps semé sur les rives de gloire

Jamais séduction ne m'apprit bonheur ni prêtre pour chanter cette célébrité

Que bien peu d'aussi solide qu'un amour confraternel pour nourrir cette gaité

Mieux qu'un jour que dure la randonnée ma conscience trésaille le long silence

S'il plaît au Dieu que j'honore à la bonne heure les belles fortunes juvéniles

Une saison de paix

Sur mon serment dort la paix au corps glissant jusqu'à mourir sur ma tombe

Volontiers en mon cœur, naît ce souvenir plein d'une couronne de mystère

Selon les désirs, bienvenus à l'inondation du salut de grâce sur ces bienheureux

Nul plaideur ! Par pure charité profitez de l'aventure merveilleuse qui vient s'offrir

De toute évidence, cette prose était tirée du carnet de Papa Anselme le sage de notre siècle. Ceci ne surprit guère Mathias. Tout ce qu'il sortait de cette diatribe s'accordait avec l'objet de son séjour à Pouleba. Afin de mieux s'en convaincre, il rouvrit sa petite brochure que Jacques venait de lui offrir. Tout en gardant une oreille toujours très attentive au récital du vieil homme il se replongea assez rapidement sur ces passages idylliques qui le rapprochaient de sa propre histoire. Oh ! combien se sentit-il évadée dans les confins de cette répétition attachante. Totalement emporté, comme s'il entonnait le refrain avec le versificateur, Mathias lisait à haute et intelligible voix un autre passage plus plaisant.

Dans le pamphlet, Papa Anselme poursuit sur les dunes du désert de l'Afrique. Restez toujours éveillée car je vous informe que la galerie est encore touffue. Voyez-vous ce qu'elle nous laisse voir ? Comme je vous l'avais dit au départ le paysage de la démocratie n'est qu'une pièce théâtrale.

En apparence, cette jungle métamorphosée en un environnement clément aussi attrayant s'amenuise pour plutôt se faire louer qu'à être décrié. Après *le départ physique du libérateur, son ombre ou encore son sosie continue de façonner à sa guise.*

A l'arrivée de ce nouveau chantier que commence à bâtir la jouvence consciente et éveillée, le masque commence à tomber. Aussi rusés qu'ils soient, ils ont revu les étalagistes pour mieux revendre leurs idéologies.

Cette nouvelle mélodie de la démocratie scandée au gré du jeu vers l'intérêt individualiste, vient rapidement séduire au mieux l'élite naissante. Sa devise est de se servir le plus rapidement possible avant que cette jeunesse mieux éclairée ne se revête dans sa tunique impassible difficile à dompter.

Une anecdote symbolise ceux qui se sont inscrits sur la liste des plus grands comédiens de la scène. Une fois engagés, ils se rendent compte plus tard d'avoir pactisé avec le seigneur des rêves. Revenir sur les pas devient si difficile qu'il serait mieux de séduire le peuple à s'y accrocher.

Drainer comme le poisson derrière l'appât, les peuples s'en vont au gré du prisonnier. Abrutir au maximum le peuple sied que de lui donner le savoir. Ainsi de plus en plus le geste rituel est de faire semblant de donner mais aussi de faire des propositions séduisantes.

S'ils s'annoncent sur un secteur donné, l'unité de mesure de la franchise est inéluctablement un mensonge orchestré. C'est à prendre ou à laisser au pire des cas l'embellir. Dans la chorégraphie d'un régime expérimenté venu pour animer fortement, le chef devrait remplir les mêmes critères d'éligibilité s'il veut avoir le soutien des oligarques.

Le symbolisme n'est pas loin de celui qui pouvait bien marchander les organes humains, constituer un groupe de truands, pire savoir recruter des « sans voix » pour servir la boucherie humaine. Tout le décor est campé il ne reste qu'à l'animer. Ainsi du Nord au Sud et de l'Est à l'Ouest, l'animation se présente sous plusieurs facettes. D'une part si ce n'est la gigantesque guerre qui anime le climat, fait trembler la justice au corps flasque et n'épargne point l'amour de paix chancelant au réveil, il ne reste

Une saison de paix

rien qu'autre chose d'aussi cruelle identique. C'est en ce moment-ci que vient le pardon forcené moulé au gré du farceur.

Derrière ses lunettes transparentes, la vision est floue sur les cibles et les victimes tombées sous les coups de son manège mais parfaite à la vérification des intérêts. A souhait, si les guerres n'existaient comment entretenir ce monde où seule l'innocent continue de subir à tout instant.

Le pardon a été dépouillé de son contenu pour servir de passoir à toutes les formes de tort. Le préjudice le plus horrible vient encore de voir jour dans les couvents de consolation qui servait d'abri aux plus faibles.

L'incivisme qui s'annonce transcende nos mœurs, transforme notre dignité et recrute si non inculque dans les vestibules de notre souveraineté une graine travestie. Plus de peur, la nausée n'est plus pathologique mais physiologique. Subir cet affront est à équidistance de ce que l'esclavage a laissé dans un passé récent sur l'île de Gorée.

Les larmes intarissables, reprennent et les yeux hagards assistent muets à la chevauchée triste d'une comédie imposée aux dirigeants. Cœur béni de Dieu, très loin ils ont été pris dans un piège tendu de loin par les marins pêcheurs. La loupe était loin et très loin que ceux-ci ignoraient.

Au soir d'un jour, non plutôt la nuit d'un jour, leur vint l'idée, non plutôt leur vint un songe d'aller à la quête d'un salut. Au réveil du jour suivant, ils virent à leur porte le salut qui attendait de se faire valet. Sans mot dire, tous acceptèrent de prendre ce salut pour salvateur au moment où ils se virent profités plus au salut.

La mer n'est point ni plus difficile à boire. Les conditions d'une démocratie qui se veut fonctionnelle passent par un entretien soigneux des affres qui doivent vainement faire souffrir la grande majorité de la population. La pièce n'est pas faite pour amuser mais pour séduire l'opinion dite internationale qui la désire ainsi.

Une saison de paix

La tête de proue veut que l'on bafoue la loyauté et que l'on se lie au dictat. Dès qu'enclenchée les pleures face aux atrocités doivent constituer permanemment la mélodie d'une chanson qui irrigue le train de la démocratie. Aux mondes et corps assujettis qu'il reçoit, le ridicule et une forte humiliation d'où naitront les revendications insatiables pour vivifier la démocratie.

Irriguer la mendicité frise toute l'éloquence de ce bourreau silencieux qui tue en riant. La caresse macabre se passe aux grands yeux ouverts de tous lorsqu'elle vient aider par sa moquerie, assister au déluge orchestré.

Si par inadvertance, la démocratie souffre et peine vainement à s'agripper dans une bourgade donnée sait que là-bas, les victimes aveuglées ont recouvert miraculeusement la vue. Céder aux conseils de la fatigue et du découragement était le seul défi pour lever la tête face à la démocratie.

Je vous reviens avec les acteurs émérites et vous présente les sept épisodes du spectacle. Intitulé le « Simulacre »

« Démocratie » Derrière cette phonétique se trouve mon identité qui vient de nulle part à destination d'un vide chargé. Elevée au rang du chevalier de l'ordre international pour la bienséance prêtée à l'humanité, je n'ai aucune crainte que de séduire. Mon réveil annonce que bien qu'unique en mon genre, je symbolise également la seule épouse du monde la plus charmante et.la plus convoitée. Offerte en mariage sous un régime de la polyandrie je fais subir à tous les époux tous les caprices d'une conjointe digne et bien affranchie. Cœur béni de tous ceux qui m'abritent je laisse passer les stries sentimentales les plus chères du monde.

Ruche qui produit ce miel d'une saveur aussi délicieuse que l'amertume ne connait, j'enfante et héberge séquentiellement les cycles qu'il faut pour animer ou ranimer la vie inanimée du monde. Toutes les heures qui passent ont toujours semé sur leur sillage les échos du dédain et d'amertumes sur les cœurs impuissants.

Une saison de paix

Jacques allait toujours et revenait sur ses propres pas. Quelle pourrait bien être cette chose qui trottinait et encore dans sa petite tête ? Les choses avançaient aisément vers la fin. C'est tout de même vrai qu'il cherchait quelqu'un qui lui semblait indispensable. Malgré qu'il soit toujours plongé dans son carnet d'historiette, Mathias par une coïncidence leva le regard et vit Jacques qui montait en empruntant les étroits passages des couloirs. Il s'abstient de l'interpeller et le suivi à nouveau qui redescendait en suivant les pentes de ces belles collines recouvertes d'herbes vertes et d'arbustes de poulebas. Le moment était-il opportun de se signaler ? L'attrait du contenu de cette brochure l'obligeait beaucoup plus. Perdu dans ces nuages chimériques, il vagabondait sous une hésitation démente.

Avant que cela ne se produise, Jacques avançait et sentit tout de suite que ses pas ne font que s'alléger. Apparemment libéré d'avoir eu sa trouvaille, il s'arrêta au milieu de cette foule de jeunes très enthousiasmés. Quelques minutes après, il émit un grand souffle de soulagement. Comme s'il venait de faire mille pas à un rythme de cent kilomètres heure. Il sentit par la suite une sorte de félicité occupée son esprit. Pendant qu'il égarait tous ses confrères très soucieux, doucement Jacques domina le poids sordide de la nouvelle qui venait de tomber.

Une saison de paix

Il ne s'agissait pas d'un criminel abattu mais pire encore d'un acte horrible posé par des jeunes fanatiques. Au moment où la jeunesse se débattait à séduire par sa loyauté, la voici encore cité à l'envers par ces faits ignobles et inadmissibles.

Il s'agissait d'un attentat orchestré par un cerveau plus âgé que les auteurs de l'horreur. Ce qui est encore marquant est que le crime le plus horrible se soit produit dans le cœur de toute la sécurité et défiant l'autorité en assommant les plus grands concepteurs. Pour avoir appris cette triste nouvelle qui vient abréger la joie de cette manifestation tous étaient devenus perplexes. Jacques venait d'avoir une part de sa raison. Fou de rage Mathias s'amena aussi éberluer que son ami. Un froid sauvage de tristesse fini par gagner tous les visiteurs de poulebas. Une fine lueur d'une raie continuait à illuminer le temps. Obligé à tout remettre en cause, un grand silence occupait toute la mêlée. Il s'agissait d'une patrie terrifiée. Le soleil à travers sa brume légère s'inclinait progressivement vers sa cachette. Rien ne pouvait non plus l'arrêter dans cette allure nonchalante.

Jacques impuissant se résolut à contempler la silhouette identique à celle de Rhabi qui déambulait à sa droite pour certainement rejoindre le grand carrefour. Aisément, de son allure séduisante elle scandait innocemment sa grâce féline bien séduisante. Jacques comme tout homme, sans exclure les apparences toutes voilées de ceux qui feignent d'ignorerer les effets de son charme subissait à contre cœur. Connaissant intuitivement cet aventurier sans aucune gêne, Rhabi s'approcha et l'invita de côté mais pas trop loin à labri des regards indiscrets. D'ailleurs le jeu était savamment orchestré. La sécurité mère a toujours revu ses approches pour épingler de près comme de loin toutes les guéguerres mettant en mal la quiétude du pays.

- *Jacques écoute moi. Je suis revenu vers toi juste pour te rassurer. Sans avoir la prétention de tout maitriser je comprends parfaitement la gravité de ce drame. Mais en tant qu'humain saches que personne* d'entre nous ici n'y peut rien. Rappelle-toi ce que disait Papa Anselme. Pour un réel éclaireur et un éducateur hors pair il avait tout clarifié. Jacques ! reviens à de meilleurs sentiments et sachons tous raison gardée. Le paysage de ce siècle est ainsi peint. En attendant de revenir aux quolibets sentimentaux souvent affectés par la coutume, allons plus loin pour interroger notre fort intérieur.

- Oh ! Oui Rhabi ! c'est réellement vrai. Pour donner du crédit à tes dires je confirme. Aujourd'hui n'empêche ni n'empêchera demain d'arriver encore moins d'exister.

- Merci de m'avoir compris. Toi qui réconfortes le groupe évite de te désarmer devant un si géant ennemi du peuple. Pour qui croit comme toi et moi, rappelons-nous tout simplement cette parole sacrée qui stipulait que nul ne sait ni le jour ni l'heure. Nous sommes tenus d'être prêts à répondre de la meilleure façon qui soit. Cette prudence nous évite des souillures de notre personnalité. Que dire, lorsque la furie violente monte à un rythme aussi inquiétant et que seule la vengeance prime. Dans un tel climat notre chute pourrait être très vertigineuse. Sous réserve de me tromper, seule la quiétude sied si nous voulons réellement rétablir la vraie sérénité sociale autour de nous. Dans un désordre qu'entretient la nervosité qui anime actuellement tout ce monde ne peut naitre une réponse harmonieuse et constructive. Cette crainte en mon sens est bien justifiée Jacques. Evitons d'assimiler notre caractère à une nature équilibriste de peur de perdre notre dignité qu'on aime tant. L'ennemi est commun soyons solidaire mais pas aussi rancunier que l'on pourrait le laisser entendre, nous l'aurons totalement démasqué sur le chemin de retour.

- Si j'ai bonne mémoire nous étions sur le foisonnement de l'incivisme social de la frange juvénile. Le contexte actuel est certes très indélicat mais hélas justifie la raison de notre présence. Nous avons tous conscience que tout le devenir du pays ne repose que sur cette frange jeune. A tout point de vue, Rhabi, ignorer que les jeunes n'ont pas d'âge pour constituer l'espoir voire tout l'espoir de la nation est preuve d'une magnanimité éloquente. Toutes ces têtes brûlées d'une cadence fanatique ne sont que de purs ignorants sans appartenance quelconque. De quelle *ignorance faisons-nous allusion si ce n'est de prendre pour inconsciente, cette classe d'abrutis à une époque comme celle-ci.*

- *La situation est vraiment chaotique. Ces malfrats de criminels professionnels seraient-ils de ce pays ? Aucun doute quand on imagine le lieu choisi quelqu'un du milieu est certainement complice. Cette complicité si ce n'est pour assouvir simplement sa faim, s'expliquerait par une querelle intestine entre politiciens. Que faire devant cette fuite en avant pour gangréner les plus jeunes dans tous les milieux où l'opportunité se prête. Regarde tout simplement le drame que traverse notre système éducatif. Certains établissements seraient totalement fermés pour cette ignoble menace. De braves enseignants séquestrés et contraints d'abandonner leur serment au profit d'une phobie imaginaire. Que dire des forces de défense et de sécurité martyrisés dans cette zone permanemment vendangée par des forces occultes. L'heure est certes grave, mais nous sommes tous aux aguets car la principale raison est bien comprise. Jacques, suivons ensemble progressivement mais très attentivement ce ballet frénétique qui s'anime de loin.* Notre éducation souffre en âme et en conscience lorsque les éducateurs sont quelque part, violentés par les éduqués encore appelé étudiant, élève ou que sais-je encore Jacques. Le remède ne pourrait passer que par une tête très froide mais aussi bien pleine. *Rebâtissons à travers les attributs idéalistes en réponse à toute violence un acte pacifiant sans aucune remontrance car la gaité fleurie vite sous ce type de climat.*

- Rhabi, nous avons raison de prendre pour baobab protecteur ce sage de Papa Anselme. Si tu te rappelles bien, il nous laissait entendre que depuis le système éducatif primaire passant par le secondaire jusqu'au supérieur, la considération vouée aux encadreurs était de taille. La finalité d'un acte provient toujours de son processus éducationnel. Sans éloigner les faits, c'est tout aussi réaliste que tous ces agissements ont un fondement depuis leurs de conceptions. L'éducation est transversale d'où son lien avec le comportement quotidien actuel. J'adhère aisément à ce que tu insinues Rhabi. L'équation du système éducationnel allant de la lanière à la raison semble avoir porté plus de fruit que la réadaptation actuelle qui fait une torsion et soutien beaucoup plus l'amoralité. A ce prix ceci explique cela.

Une saison de paix

- *Jacques veux-tu donner raison à de telles pratiques ou quoi ? t'entendre épiloguer de la sorte suppose que le cadre institué actuellement l'a été pour soutenir ces mauvaises pratiques.*
- *Rhabi je suis très loin d'une telle vision. Il n'y a aucun paradoxe. Je souligne et te rappelle volontiers les éléments comparatifs d'une vision de Papa Anselme. La vie est plurielle et les époques que nous traversons la vivent différemment. Franchement si tout le pays pouvait considérer ce monument-ci comme une référence, certainement nous gagnerons à rétablir la dignité souhaitée.*
- *Comment serait-ce possible de couvrir le pays comme tu sembles l'insinuer Jacques ? De ma petite expérience, élargissons l'opinion. Les principaux fondements ne sauraient se limiter aux seuls soins de l'éducation.*
- *Ta clairvoyance ne fait que s'élargir. Rhabi n'actionne pas le frein lorsqu'on veut promouvoir la jeunesse à partir d'un exemple vivant. Rétiens que tout part de l'instruction. Je l'ai cité sous forme d'exemple selon* Papa Anselme. *Mais au-delà, j'ajoute que l'éducation est au début et à la fin de tout le processus socialisant l'humain. Pour ce faire Rhabi, le civisme est d'abord théorique avant d'être traduit en acte, faits et gestes. Alors si ce n'est par instruction comment parvenir à l'inculquer à une tierce personne ? Il suffit tout simplement que les plus hautes autorités de ton pays comme le nôtre nous permettent de reboiser, défricher les indécis pour ensemencer les graines du civisme.*
- *Bien dit, parfaitement analysé et très bien compris. Jacques s'il y a bien quelqu'un qui ne peut manquer d'arguments pour défendre une cause c'est bien quelqu'un d'autre mais pas toi. Je confirme avec toi que jamais n'abolira le hasard. Je vois la logique de ton raisonnement mais j'émets une réserve sur le type d'approche facilitante pour aboutir à ces prétendues sommités. Pour mieux clarifier mes idées, imagine, Jacques comment pourrait-on dénicher de telles personnalités ? Surtout pour nous autres qui portons toutes ces belles idées mais nichés au pieds de la colline très loin de ces tutelles.*
- *Rhabi, les portes nous sont grandement ouvertes. De nos jours, la liberté d'expression et d'agir vient de s'entamer. Surtout que cette*

époque est celle de l'équité, n'hésitons pas. Toutes ces propositions d'asseoir une innovation conciliante sont les bienvenues. Rhabi nous sommes les témoins vivants et nous avons plusieurs portes d'entrée. Leon par exemple est une très proche des autorités et il pourrait bien nous y conduire.

- *Belle et alléchante opportunité bien circonspecte à saisir. A réflexion bien mûrie solution adaptée. Etant donné que tu sembles très proche pourquoi Jacques perds-tu du temps à attendre encore ?*

- *En tant que philosophe de ton état, tu m'épatée fréquemment Rhabi. Tous tes propos sont chargés d'un raisonnement parfait. Mais comprends que par moment nous sommes astreints à certaines attitudes. Personnellement je me sens un tout petit peu mal placé de soumettre cette doléance à Leon de peur qu'il ne prenne çà comme un chantage. Surtout que nous venons juste d'arriver d'un épisode joyeux où Papa Anselme a été une élite. D'ailleurs nous n'avons pas besoin de le lui rappeler. Connaissant nos aptitudes dans cette solidarité agissante, il le fera certainement même sans le lui avoir demandé.*

- *Jacques ! assez épilogué sur cette triste nouvelle qui vient abréger notre* cérémonie. *Je souhaite que nous laissions tomber ce sujet stérile à nos yeux. Tout autre chose non moins importante, te souviens-tu de l'autre facette sur le mariage et la discrimination positive sous l'apologie du concept genre ? Ce qui m'a le plus ensorcelé a été les précautions à prendre pour sauvegarder la consonance conjugale.*

- *Dis-moi la principale motivation d'un tel attachement ? Je te vois choisir par raison bien motivante que par l'éclat des propos.*

- *Je ne te coupe pas la parole, mais n'oublie pas l'histoire de la lionne que le vieux griot nous avait raconté au moment où nous accompagnions la délégation. La femme a été surnommée lionne tout simplement parce que le mari voudrait la remplacer par une autre. Au moment de se décider, elle se métamorphosa en une idole sympathique.*

- *Soit raisonnable lorsque de telles invraisemblances sont émises. Comment une si douce créature peut être surnommée lionne qui s'assimile beaucoup plus à une furie plutôt qu'à une douceur. Ce que j'ai pu personnellement retenir de cette réverbération était son hypocrisie. Il laissait entendre qu'elle avait acquiescé la décision de son époux comme pour se sentir soulagée du poids de ses travaux ménagers. En toute franchise l'homme a toujours vanté ses qualités devant tous ses amis. Ces derniers lui ont toujours dit d'émettre une petite prudence sur les caractères d'une femme lorsqu'elle n'a pas de coépouse. Ainsi pour confirmer les vertus de celle-ci, l'homme n'hésita pas. Sa façon d'accepter cette proposition confirmait déjà les appréhensions de ses amis dans l'ignorance du mari. Avec la permission de sa conjointe, l'homme fut entrée dans son ménage, une femme aussi belle, charmante qu'elle ne passa pas inaperçue aux regards de tous. Pour ceux qui n'ont pu retenir leurs langues à scander les traits d'une telle créature, le message parvint à la première et fit son effet. Des confins de sa chambre, elle eut vent d'une beauté écarlate de celle qui venait d'entrer comme sa rivale qui sans doute pourrait bien la substituer si elle n'y prenait garde.*

- *Jacques soit un peu tendre envers cette dame. Mon cher qu'as-tu vraiment contre elle ? Si je ne m'abuse, la suite que tu me laisses deviner va en sa défaveur. Cette dame n'a-t-elle pas le droit de se prémunir de garde-fous ? Je m'en doute d'imaginer que cette défensive serait ta façon de soutenir forcement la polygamie.*

- *Pourquoi m'interrompre sur un fait social couramment illustratif ? Mon choix est tout autre que tu nous le fais croire. Si tel est le cas, donne-moi l'occasion de te raconter la suite qui pourrait mieux trancher de façon équitable les opinions.*

- *Pour une dame aussi prudente qui sait bien veiller sur ses intérêts les plus chers, s'ouvrir à un tel challenge, exprime ainsi ses propres mesures préventives. Avec toutes les réserves d'un vigile, je te laisse aller au bout de cette historiette tout en suggérant de ne pas offusquer la gent féminine.*

- *En tout état de cause, je prendrai toutes les précautions nécessaires. Pour m'y engager prestement et sans transcender ce* que tu m'offre comme balise sois en rassurée Rhabi. Avec tes critères si contraignant je me sens égarer dans ma logique. Qui pourrait bien me rappeler le point où la dame venait d'activer mon frein ? Néanmoins avec une mémoire aussi fidèle tous les sens s'installent de façon mécanique et automatique. Permets-moi d'y aller sous réserve de m'interpeler au cas échéant. La dame prit rapidement conscience du risque qu'elle courait d'avoir donné l'autorisation à son époux de lui adjoindre une seconde épouse. Très tôt elle se rendit rapidement compte que cette allégeance faite à sa coépouse menaçait tacitement sa chance d'être la plus aimée de ce ménage bien qu'elle en fût la première occupante. Sans aucune peine, elle se lança à l'affût avec une des ruses stratégiques la mieux ourdie. Au lendemain de l'arrivée de celle-ci toute observation faite, se sentant pour l'instant la mieux écoutée, elle demanda un entretien savamment préparé avec son mari. Celui-ci n'abdiqua pas à cette sollicitation si bien que de façon alerte y répondit avec une courtoisie d'apparence. Pour mieux le dompter sinon le posséder totalement, elle commença par lui rappeler un seul fait portant sur sa nature masculine. D'un clin d'œil observateur, elle se rendit compte d'une réelle et franche adhésion à ses dires à travers le sérieux non seulement dans son regard mais aussi dans sa stature qui imprimait une écoute active. A travers un accent façonné d'une civilité très raffinée elle s'excusa d'avance auprès du dérangement qu'une telle rencontre pourrait créer. Totalement embarqué dans cette prodigalité sans le savoir le mari la réconforta en laissant savoir toute sa disponibilité mais aussi que le contexte ne se prêtait à aucun gène quelconque. Il ajouta à cet instant que libre cours lui était donné de ne point se sentir limiter dans le temps. Toute décontractée, cette bonne dame souligna à son époux qu'il sied à tout homme de son genre la nécessité de recourir quand celui-ci le désir à une ou plusieurs femmes selon son goût. Avant toute chose du genre, elle éloigna de son esprit les raisons de rivalité et de jalousie. A, elle de rappeler à son mari qu'elle connaissait intégralement cette femme et toute sa famille. En toute franchise, elle est si fidèle et très pieuse qu'elle ne saurait laisser son époux aussi chaste qu'abstinent tomber dans un bourbier à hauts risques.

Pour une petite confidence, elle dénuda de long en large toutes les sensibilités et intimités avilissant une femme. L'homme très confiant de toutes ces allégations qu'elle tramait, la laissa tout dire. Pour enfoncer le clou, elle se mit en amont pour lui demander de ne pas la renvoyer ipso facto. Mais plutôt de la conduire à la fois dans les services de santé modernes et chez les tradi-thérapeutes. Chose dite chose faite. Machinalement, l'époux s'exécuta.

De ce qu'elle lui laissa comprendre est de partager avec elle les risques possibles qu'il coure à épouser cette dernière. Il serait mieux de la renvoyer chez un guérisseur qui pourrait sans doute la rétablir avant de la faire revenir. Le mari aussi galvanisé qu'il était se sentit immédiatement affaler devant de tels propos.

Surtout des conseils aussi précieux reçus que ceux prodigués par sa confidente la plus soucieuse de lui. Au moment où elle était en train de conclure, son conjoint la vit à nouveau fondre en larmes. Lorsqu'il cherchait à comprendre de quel mal souffrait-elle, il se résigna et compris qu'il s'agissait de quelque chose aussi sérieuse et à la limite très grave qui pourrait entacher la famille.

C'est sans doute l'une des raisons qui enclenchait les pleurs. Le temps de se référer à des amis les plus proches de la famille pour partager, la femme le lui déconseilla afin de pouvoir préserver la chose sous une forte confidence. Quelques minutes après le conjoint, remercia sa très chère d'avoir eu un tel souci pour la famille. Au-delà il accepta de la conduire immédiatement chez un des guérisseurs les plus chevronnés situé tous à plus de mille pieds de la zone.

Malgré qu'il était astreint à sauvegarder la confidence, un jour il se résolut à en parler à un de ses amis. Celui-ci essaya de le ramener à la raison, en lui intimant d'aller lui rendre visite pour se rendre compte de l'évolution de son état de santé. Deux jours, après cet échange, il se réveilla très tôt à l'aube pour y aller et arriver certainement à un moment diurne.

Quelle ne fut sa surprise à l'arrivée ? Son épouse s'était métamorphosée. Il trouva la femme en train de vomir et comme le disaient les professionnels de santé, elle souffrait de vomissements gravidiques précoces.

Sans mot dire à la femme, il s'enquit au guérisseur qui l'accueilli et lui tendit, un coupe-coupe, une aiguille et un linceul, lui demandant de le tuer et de l'ensevelir pour l'avoir offensé jusqu'à ce point. Le guérisseur vit sa joue enflammée par une gifle terrifiante qui l'envoya dans un sommeil léger.

Au réveil, il se senti un peu trempé dans ses propres fientes en l'absence de son hôte et de sa complice. Sans chercher le sens d'un tel agissement, il se rappela instantanément les propos de ses amis. Avant son arrivée à la maison, il trouva la première déjà en débandade pour avoir reçu l'information du danger qu'elle courait. La suite fut tout autre chose.

Contrairement à ce que vous croyez, cette philosophie va plus loin que de soutenir un esprit de polygamie mais relate tout simplement les précautions que tout homme doit prendre devant la vérité professée par la femme.

Les proverbes ont épousé le temps autant que les humains ont toujours emprunté les attitudes des autres. Tous ces jeunes gens ont beaucoup appris de Papa Anselme. Toutes les facettes d'éducation de l'humain mais surtout la considération vouée à la femme. Ces conseils et enseignements continuent de faire leurs effets dans l'esprits de ceux qui voudraient bien s'affranchir.

Jacques au lieu de se décider toujours à divaguer. Une des choses la plus sûre est que toutes formes de subterfuges ne sauraient voiler le regard d'un averti. Rhabi était de celles qui savaient aisément lire entre les lignes d'un sentiment. Pour avoir vécu dans un milieu où elle a tant entendu et vu sinon traversé des épisodes les plus abjects possibles, elle attendait le moment venu pour avouer à Jacques toutes les raisons de son mutisme.

De tous ses souvenirs Jacques ignorait une chose. Il s'était déjà confié à celle-ci au cours du premier voyage Badinla-Corola à la veille d'une fête de ramadan. Rhabi a tout retenu de cet entretien au cours duquel, elle comprit et connu sous aucune réserve, les mérites humains de ce jeune homme. Du fond d'elle-même, elle se rappela de l'histoire d'où est venue la réserve qui lui dicte cette bonne et positive conduite.

Tant le souvenir a été profond de se voir ravir de force la chose la plus précieuse de sa vie. He oui, Rhabi reconnaît avoir avoué tout le contenu de sa traversée du désert mais retient que la douleur de Jacques en a été plus fâcheuse. Qu'en était-il exactement ? L'argent fait-il réellement le bonheur ? Si tel est le cas, il peut par moment offenser voire se mettre en amont pour assouvir mais jamais servir.

Une saison de paix

Enfreint d'un esprit indulgent, Jacques était de ceux-là qui ont mis en avant, l'intégrité franche entretenue en dehors de toute forme d'hypocrisie. De cette franchise, sans être naïf, il a toujours usé de sa servilité pour changer son environnement. Au sein de tout regroupement, il parvenait à façonner l'ambiance même à désarmer les médisances des autres colporteurs.

Cette valeur mûrie à l'ombre d'une sagesse qui dépasse son âge s'est vue défier par un de ses proches à la fois son complice le plus attitré. Qu'était-il réellement arrivé ? Jacques avait fait une conquête à laquelle, il avait promis monts et vallées à un de ses jours. Sa déception fut une réelle outrance.

Cette imagination chatouilla longuement le génie de Rhabi au point de confirmer les circonspections de Jacques. Pas plus qu'une vingtaine de jours qu'elle s'était résolue de ne plus s'enthousiasmer sur des faits subjectifs mais bien plus, tel se confier ou dissimuler son destin sous la volonté divine. Car il est connu de tous, que tout ce qui se prête au temps et non aux opportunismes raffermit mieux et revigore à souhait.

Rhabi, toute silencieuse se sentie surprise dans ses chimères par l'infatigable pénombre d'un soir qui s'amenait nonchalamment au pas d'un agile chat, comme pour surprendre les rides d'un soleil énergiquement affligé.

Tout en continuant à ramper sur le sommet des hautes cimes des immeubles qui circonscrivaient le quartier de Rhabi, l'éclat des lampadaires annonçaient le reste de ses travaux ménagers. Sans que cela ne soit une prophétie elle revint sur le songe empirique qui a toujours enseigné et éduqué tout venant et devant toutes les circonstances.

Cette histoire rapporte que le monde est un univers chargé de toutes sortes d'anecdotes. Ces anecdotes si elles ne sont pas vécues, ou perçues sous d'autres cibles, l'on aura toujours eu écho. A toutes ces circonstances naissent des leçons soit de la part des victimes ou de la part des maitres du savoir comme Papa Anselme. Dès que cette trouvaille lui traversa l'idée, elle se mit à égrener le passage qui lui était resté assez édifiant.

Totalement emballée dans cette féerie, elle repassa librement la bande originale pour mieux s'en servir. D'une fiction fertile dans un silence magnanime, la chose était certes silencieuse, mais pour l'avoir suivie venait avec un élan de consolation. Les moments sans être avaient toujours donné raison à Jacques. Pour lui la nature humaine toujours versatile n'a jamais empêché le soleil de se lever ni de se coucher.

Ce qu'il lui restait était de s'en tenir au destin. Mieux que de se confondre aux malintentionnés, sa sérénité lui commandait de prendre des précautions en amont plutôt que d'être désagréablement surprise. Toutes les formes d'indélicatesse l'avaient forgé au point de le rendre très méfiant. Rhabi avant de lui donner raison mesurait ses propres chances.

Le temps ne fait que se faner à mesure que les jours s'égrènent sans que la confiance ne soit établie entre elle et Jacques. D'ailleurs, la confiance n'est le nom de l'enfant à personne. Ainsi pour pouvoir s'inscrire dans un registre qui identifie une telle vertu suppose plusieurs textes de réussite à la franchise, la sobriété, l'honnêteté, la crédibilité et ou encore une grande ouverture.

Lorsqu'elle faisait la somme de tous ces mérites, elle se rappela des conseils de Papa Anselme à l'un de ces jours d'une saison de paix. Celui-ci leur avait dit de confier l'inutile à un semblable la veille d'un jour de joie. Après avoir fait ce sermon, prenez de la peine d'offrir un présent à quelqu'un qui vous est très proche.

Ce jour même le choix comme l'homme de confiance pourrait se faire sinon le contraire. Souffrez tout simplement que le mot « confiance » n'est ni le nom ni le prénom de l'enfant à personne. Se prémunir d'une réserve à cet effet, serait toujours la meilleure approche qui au-delà témoigne d'une maturité. Le fil des idées de Rhabi dans sa fidélité, ramena au présent tous les conseils si précieux. Si de tous ces enseignements, elle ne put tirer quelque chose d'aussi amidonnée, s'en détacher serait une auto nuisance.

Tous nous assistions à la scène bien que peu visible. Elle nous passait et repassait dans notre imagination comme un film fortement émouvant. Certainement la technique utilisée par Papa Anselme ou serait-ce réellement des scènes qui ont bien pu se dérouler sur cette planète. Si tel est le cas, la chose dépasse de loin notre époque.

Lorsque Rhabi se mirait dans le scenario, elle évitait d'être à la place de cette nymphette. L'oubli nous avait égaré de conter la chose comme si tout le monde même les lecteurs accrochés avaient pris part. C'est juste et tout à fait parfait. Si la mémoire ne nous trompe pas les élans d'une séduction s'étaient prêtés au verbe.

Le jeune homme que Rhabi comparait à Jacques, était si élégant, si attrayant et si charmant que l'avoir restait son souhait à vie. Du reste c'est bien ce qui explique bien sa timidité sinon la source de sa méditation du jour. Quant à la donzelle à laquelle elle voulait bien s'identifier, abritait une convoitise hors pair. En toute sincérité tous les regards attestaient qu'elle était d'une beauté de fée.

Bien et hautement perché sur le siège de son cheval blanc, le jeune homme dans ses envolées a de son regard hagard déniché cette belle créature. Cette découverte le fascina au point qu'il ne put se retenir.

Plusieurs fois, il se mis à faire la ronde autour de cette concession qui abritait tout son cœur. N'ayant pu avoir gain de cause à sa sollicitude, il s'en remit à Dieu. Durant plus d'une semaine, un de ses proches amis, observa une métamorphose en lui et chercha à mieux comprendre.

Selon ses dires, une souffrance atroce et austère s'opérait en lui lorsqu'il ne revoyait plus sa conquête à l'œil nu. Il passait des nuits sans sommeil à la quête d'une astuce pour rentrer en contact avec cette belle fille. Dépassé par ce pouvoir d'attraction de celle-ci, il se fit accompagner par son fidèle ami qui se demandait à quoi rime un tel jeu ? Depuis bien longtemps, personne n'avait accès à cette concession.

Franchir pareil portail pour accéder dans la cour d'un père de famille aussi craint pour sa témérité que sa sévérité. Ce vieil homme solitaire a toujours brillé comme un vigile très attentionné vis-à-vis de ses filles qu'il a toujours surveillées comme de l'huile sur le feu. Prendre un tel risque n'était-ce pas s'exposer de trop ? pour des jeunes gens qui veulent vraiment forcer le destin.

Très tard dans une nuit profonde où rien que les clapotis des gouttelettes d'une rosée descendaient sur les feuilles mortes, les deux amis s'amenaient par un sentier très épineux. A l'aide d'une échelle fabriquée à la hâte, ils franchir le rubicond pour se retrouver au centre d'une vaste concession.

Tous hésitants et ne sachant avec précision où pourrait se trouver leur conquête se regardaient sans mot dire. A côté, un déclic se produisit. Juste à deux pas des coéquipiers, une porte s'ouvrit. Le silence se fit encore plus profonde au point d'entendre le sifflement d'un vent frais.

Ce mutisme orchestré par la complicité de ces deux leur permit de découvrir le visage d'une demoiselle svelte. C'est bien d'elle qu'il s'agissant. Lorsqu'elle revint des toilettes, tous deux la suivirent sans aucune réserve. Que cherche–t-on dans la vie ? Le choix était fait advienne que pourra.

Risquer sa vie pour un sentiment est encore noble qu'une fuites vers un jeu sans lendemain comme le vol.

Peu importe ce qui pourrait arriver à ces deux dans cette pénombre à la quête d'un sentiment inné. Une fois entrée dans sa case et au moment de se coucher la demoiselle aperçu une ombre surplombée sa couchette. Le temps de manifester sa peur à travers un cri strident, l'un des deux la rassura instinctivement de ne point le faire.

Comme une paralysie ankylosante, elle devint aphone et se résolue à comprendre une telle visite. Dans un style d'hypnose, le jeune homme lui avoua être fortement guéri de se retrouver en face de celle qui semble être la thérapie à toutes ses souffrances.

Sans aucune gêne et comme si l'inspiration lui était dictée d'un univers, il parvint à tout avouer. Toute grelotante ou frissonnante, la demoiselle voulut les renvoyer d'où ils sont venus. Sous une insistance, elle finit par les accepter et de ce fait les installa dans un coin de sa case pour mieux les entendre. Le conciliabule se faisait de plus en plus captivant au point que la séparation se présageait très laborieuse et presqu'impossible.

Aussi comparable que les nouvelles étreintes de nos jours, ces trois amis ont effectivement échangé sur des aspects qui entretiennent l'harmonie sociale. Si tel était le cas, à peine arrivés dans cette cellule, toute la discrétion serait mise à nue au lendemain prétextant certainement un viol ou à la limite une amitié campée sur la traite de la chaire.

Cette séduisante considération a conduit les deux à convaincre la demoiselle à les accompagner. Ce qui fut fait. Tous, dans cette profondeur de la nuit noire ont pu reprendre le chemin. Une sincérité crée une autre plus forte. La demoiselle était devenue plus embarquer dans le sentiment envers ce jeune homme déjà guéri pour l'avoir vu.

C'est peut-être vrai, pour le sentiment lorsqu'il vous tient. La situation de Rhabi en est effectivement une illustration. Sans aucune rupture avec l'aventure sentimental du jeune homme, tous ont pu franchir le seuil et parvinrent au domicile de celui-ci.

Les attitudes diffèrent avec les techniques couramment utilisées à ce siècle. Comme l'on pouvait l'imaginer, une fois arriver à bon port, le pantalon accroché, les autres étapes avant toute causerie. Loin et très loin de ces pratiques lorsque ces amis arrivèrent, la chasteté était entretenue au point que rien que la valeur humaine était au centre de leurs échanges.

Un déclic indélicat et très déplaisant se produisit au moment où elle se décida de reprendre le chemin de retour. Sous l'effet du sommeil elle tenta de s'étirer puis s'affala. Les deux amis, tous embarrassés accoururent pour la secourir.

Peine perdue, la demoiselle venait de rendre l'âme sous un autre toit. Dans une peur panique, le second ami ne savait que faire en pareille circonstance. Bien que plus meurtri par le drame, l'amoureux lui se retint et calma du même coup son ami. Pour mieux solutionner la contrainte, il envoya son ami, lui chercher de l'eau.

Pendant que celui-ci s'y affairait, il dénoua, la défunte de toutes ses parures avant de l'envelopper dans un linceul blanc retiré des cotonnades de sa mère. Une fois de retour et très outré son ami avait oublié tout ce pourquoi il était sorti. Au-delà, il le rassura et le tranquillisa à nouveau. Pour en finir et pour de bon, il ajouta que le seul témoin qui a assisté à cet évènement douloureux est et restera Dieu seul. Pour ce faire, tous se logèrent dans une complicité de pouvoir garder le secret à vie avant d'inhumer leur amie dans un sépulcre savamment construit.

Le lendemain du jour de cette douloureuse épreuve, une nouvelle donnée par un tamtam prédicateur annonçait la disparition de la fille du monarque de la contrée. Hormis les ravisseurs qui de passage n'épargne personne, le soupçon était loin et très loin qu'il s'agisse d'aussi proche.

Le message fut disséminé à des milliers de marche durant plus de quatre mois. Le symbole féminin étant quatre, les obsèques furent organisées pour que son âme puisse reposer en paix dans une certaine oasis paradisiaque. L'oublie souffre toujours au fond de celui qui se culpabilise. Plutôt d'inscrire ce fait dans l'oubliette, un des deux continue de souffrir.

Tenaillé au point de devenir chétif, un des témoins du crime a choisi finalement la mort. Son départ a commencé sous une autre forme à torturer le jeune homme. Tout est mis en œuvre pour confirmer que peu importe la durée sur terre, la finalité de toute naissance est la mort. Personne sur cette terre quel que soit sa puissance occulte et sa taille ne

Une saison de paix

peut échapper à la mort. S'il y a bien un lieu aussi insatiable que le cimetière c'est bien l'au-delàs. Sachant ainsi qu'il ne pourra échapper à ce jugement tant décrié un jour ou l'autre, le jeune homme se mit sur le chemin.

De passage, il rencontra, le père de la défunte. Celui-ci pour satisfaire sa curiosité lui demanda les raisons fondamentales de sa solitude et de sa timidité aussi inquiétante. En réponse il le fit comprendre qu'après avoir perdu son fidèle et meilleur ami, il n'avait personne à qui faire confiance. Comme un pèlerin abandonné dans un pré de fauves, le monde a été reconstruit sur un récif sadique où les fils de Dieu ont été tous ravis par le démon.

Le vieil homme se rallia derrière la version du jeune homme. Il lui donna raison. Pour allonger le débat et pour mieux authentifier la particularité pieuse et sobre du jeune homme, il émit un avis sur sa vision des humains.

Selon lui, le caractère changeant de l'être ou de tout personnage forge par moment une nature très changeante mais l'exception peut bien faire la règle. Certainement que la personne qu'il pourrait lui recommander en sera ainsi et saura distinctement convenir et satisfaire ses attentes.

Sans douter de la bonhomie du sage, le jeune homme veut bien en avoir un du genre mais reste toujours dubitatif. Comme un prévenu, il promit au vieil homme de lui revenir à un de ces jours. Pour avoir vécu et traversé sinon entendu parler exagérément de ces comportements, il a accepté et reviendra preuve à l'appui pour confirmer les raisons de son doute.

Un grand silence si fit sous l'observance du vieux dans l'attente du confident à proposer. Une fois scellé leur amitié présage a un meilleur espoir pour ce jeune anxieux par la fourberie. En conclusion, pour se séparer de ces deux amis, le vieux ajouta que s'il existe un tourment qui torture ou peut bien supplicier l'être humain aussi dangereux qu'une épidémie, c'est bien le manque de confiance. Souffrir autant de n'avoir personne à qui se fier serait ne point se confier aux avertis comme les centenaires qui pourtant constituent quelque part un berceau des mœurs ou de grandes valeurs. D'une oreille très attentive, le jeune homme s'est bien prêté à tous ces conseils, pris congé et se fit accompagner par le confident. Chemin faisant et pour mettre à exécution son texte se confia au confident.

Très surpris, il manifesta son indignation d'avoir appris qu'il aurait enceinté sa marâtre. C'est effectif, il venait de lui laisser entendre que tous les regards qui se déposaient sur lui le culpabilisaient et l'indexaient que quelqu'un l'aurait surpris en train de commettre l'adultère avec la plus jeune épouse de son père. En tant que confident aussi raisonnable il le lui racontait juste pour se défouler.

Par ailleurs, la véritable raison de sa souffrance physique et psychologique, loin d'un quelconque manque de confiance n'est autre que ces regards désobligeants sans preuve braqués sur lui à longueur de journée. Bien qu'il soit un confident ou un semblant d'aumônier dont la mission étais de garder le secret, une pratique de ce genre rapportée à sa personnalité ne pourrait être encouragée.

Sans se l'avouer, ils se séparèrent silencieusement avec chacun son idée et du fond du cœur embarrassé. De retour, le confident alla s'en prendre au vieux pour cette liaison. A ce dernier de mieux comprendre les raisons de sa plainte. De façon fidèle, il lui raconta les principales causes de la peine du jeune homme. Ayant clairement tout compris, il acquiesça sans mot dire. Une semaine sinon un mois plus tard, le jeune de passage sur le même sentier, fit un tour pour gratifier le vieil homme.

Sous un arbre aussi ombrageux étalé, il comptait et dénombrait, les colibris qui venaient entonner leur douce mélodie. Le sommeil qu'entrainait cette berceuse des moineaux, fut perturbé par la formule de politesse du jeune homme. Bien qu'il s'agisse d'un effet d'endormissement, il se réveilla de façon alerte comme s'il s'agissait de l'annonce d'un évènement désagréable.

La réponse paradoxale ne surprit aucunement le jeune homme. Il avait conscience que tout lui parviendrait. Plein de bon sens, il écouta patiemment le vieil homme déversé tout son dévolu sur lui. La rivalité est certes indirecte mais il aurait tué ce coureur de jupon qui du reste aurait exagéré.

Coucher avec la petite femme de son père est pire que de l'avoir égorgé tacitement. Il tenta de ramener le vieux aux bons sentiments qui attestent avoir toujours confiance à ce jeune qui venait de lui faire la confidence. Celui-ci n'a jamais menti depuis sa naissance.

Parfaitement dit et bien compris, le jeune homme supplia le sage de lui concéder une petite faveur pour attester aux yeux de tous sa culpabilité. S'il arrivait que ce colportage s'avérait vrai, il pourrait faire accoucher sa dite marâtre sur la place publique aux yeux et devant tout le village qui tranchera publiquement pour son sort.

La proposition fut acceptée par le sage qui pris toute la résolution à son compte et informa tout le village de se préparer à assister une sanction publique du jeune homme sous peu. De retour à la maison, il se confia à nouveau à sa marâtre qui à son tour compris et donna son accord. Pour réussir le manège elle demanda au jeune homme de lui procurer trois calebasses progressivement grosses en taille les unes que les autres.

Prestement, il s'exécuta. La marâtre de lui expliquer la raison pour laquelle elle s'est retrouvée ici dans cette concession comme épouse de son papa et la septième d'ailleurs. En attendant que tout le village le sache, elle lui laissa quelques bribes d'informations. La polygamie sous certains cieux a toujours une raison qui dépasse la vision manichéenne et dualiste de la chose.

Etant donné que ce jeune homme est le seul et bien que son père est mis en œuvre tous les moyens pour en avoir vainement d'autres enfants, elle préféra la mort à un tel sort honteux que la rumeur triballait et repend sur lui. Cette décision ourdie selon elle, confirmera la nature austère et l'hypocrisie qui se cachent toujours derrière le sourire de ses confrères. Cachés derrière les touffes d'herbes hautes pour ne pas dire derrière les murs à proximité des routes empruntées par cette dame, chacun à distance confirmait de son regard cette grossesse dont l'accouchement est attendu de tous dans un futur proche.

Cette perception étant dans toutes les chroniques, certaines femmes aussi jalouses se permettaient de tenir vertement des propos injurieux et avilissant l'honneur d'une femme qui aurait séquestré son enfant au point de tomber enceinte.

Malheur à cet enfant qui viendra honnir les femmes de ce village. S'il y a bien eu une injure celle-ci en était une de plus stigmatisant une femme enceintée par son fils. Depuis la nuit des temps, c'est la première fois si ce n'est la fin des temps d'où peut venir un tel sort ?

Les femmes ont souvent été incriminées dans le maraboutage, le charlatanisme, l'infidélité, la sorcellerie de toutes sortes mais rarement dans des situations du genre. Au sein des familles, toute femme symbolise une mère mais jamais une fate, faite pour totalement noyer la jouvence et le devenir des chérubins. Imperturbable, elle noyait tous ces commérages dans l'oubli et se mettait en scène pour exacerber sinon confirmer la gravité.

Sous une forte simulation des contraintes d'un poids anodin, la femme souffrait quotidiennement et prétextait que le jour fatidique approchait au même rythme. Au moment où le jeune soleil émergeait de sa cachette, les indélicats ou les paresseux toujours cloitrés sous leur couverture étaient surpris du lever du jour. Au-dehors et en leur absence, les plus avertis sinon les plus curieux, attendaient inlassablement l'arrivée de cette dame qui toute la nuit souffrait sous les contractions du travail pour l'accouchement tant attendu.

Ce fut le moment où son époux se rendit compte du scénario. Pour un phénomène aussi ahurissant, l'occasion était donnée au jeune homme de connaitre et comprendre tous ces gens du village né jaloux, hypocrite, avares, vaniteux et pire qui ne vivent que du mensonge bien orchestré. Tous ceux qui le haïssaient amèrement, de le voir sur un cheval blanc aussi attrayant, de manger à sa faim, trouvèrent le moment très opportun pour cracher dans sa face tout leur agacement. Il n'y avait que lui seul car la dame n'était pas en reste. Sur un lieu public aussi vaste que celui-ci et en présence de tout le village, la rivalité féminine se sentit très enrichie. Toutes celles qui pour une raison ou une autre, qui jusque-là, n'ont pu se marier, trouvaient l'opportunité plus adéquate d'être les mieux indiquées pour se substituer à cette dernière infidèle.

D'ailleurs, si ce chef de famille est réellement un homme qui est véritablement doté d'un sens de raisonnement approprié et d'une lucidité parfaite, personne ne devait lui dire de répudier ces deux personnes indignes de lui. Un foyer aussi copieux qui se veut digne et intègre comme celui-là dans ce village devrait abriter des femmes honorables plutôt que des dames sans vergogne toujours voilées sous une flétrissure marchandée au gré du désir.

Une saison de paix

Tout se tramait ainsi. De part et d'autre, les ordres se dressaient et continuaient de discutailler sur le sujet lorsque la dame fendit la foule toute trempée d'une hypersudation. Les gouttelettes descendaient fortement et expliquaient la véracité de sa souffrance. C'est effectivement vrai que cette dame a été réellement enceintée par son fils. Les supputations se virent contrarier à la minute qui suivit.

Le silence ne se fit encore que plus fort rien qu'à voir les tas de calebasses qui s'empilaient. Tout ce qui avait été dit sur cette dame comme sur le jeune homme n'était que pur mensonge de la part du patriarche et son fils. Ils ont tous trainé le village dans ce sillage à partir du crédit de la crédibilité qui leur était toujours accordée.

Tous éberlués, les spectateurs restèrent perdus dans cette soif qu'ils venaient d'étancher douloureusement. Rien qu'à observer la dynamique du spectacle et le rythme auquel le mensonge s'égrenait, chacun se sentait véritablement coupable.

Sans aucune preuve pour nier les outrances nées de cette rumeur, le patriarche était devenu aphasique. Du reste toutes ses accusations des vieilles femmes toutes démunies chassées du village comme sorcières mangeuses d'âme déferlaient en souvenirs inoubliables. Rien que pour avoir cru aux marchands d'illusions qui lui rapportèrent que la disparition de sa fille serait liée à ces types de faits sociaux dans le village. Avalisé par tous ces habitants qu'il utilisait, il arrivait toujours à ses fins. Cette étiquette de grand menteur venait de se coller sur sa notoriété et du même coup dévisager toute sa supercherie

Une façon pour enseigner et éduquer la nouvelle génération sur la confiance. Tout héroïque sourire aux lèvres, le jeune homme se mit devant le vieil homme pour lui demander s'il avait raison ou non d'émettre ses réserves. La honte fut telle que le viel homme se plia devant lui. Ce fut le moment ou révéla à la face de tout le village l'objet de ses soucis.

Comme une confession publique, il avoua être l'auteur de la disparition de la fille du vieil homme. Advienne que pourra, il s'en remit à la décision du public et se senti ainsi fortement libéré. Contrairement à toute forme de sanction négative qu'il redoutait, le vieil homme tout en pliant l'échine devant lui, sous une indulgence magnanime, lui donna sa seule et unique fille en mariage.

Rhabi, se retrouva certainement dans ce récit très instructif de Papa Anselme. Vis-à-vis de Jacques, elle saura comment s'y prendre désormais. Sans aucune précipitation, elle s'en remit et pris le temps de divaguer au mieux. L'exemple du mariage de Kevin et Saphie ne passa pas inaperçu au point que chacun de tous les proches souhaiterait briller sur ces anges.

C'est bien cette magnificence qui dompte ou semble dompter Rhabi qui voit le destin à l'œil nu. Jacques paraissait à ses yeux son élu que Dieu certainement venait de mettre sur son chemin. La marge de manœuvre d'une demoiselle pour séduire ne saurait souffrir d'aucune ambages. Une nuit aussi longue soit-elle n'empêchera point le jour de poindre.

D'ailleurs comme l'ont enseigné les devanciers, « l'aujourd'hui n'empêche point et jamais demain ». Rhabi ne s'en veut éperdument et compris aisément la finalité de tout espoir. Mieux, elle s'est finalement inscrite dans le répertoire de ceux qui savent que le plan humain est toujours celui de Dieu en finalité. Elle se résolut à tout lui confier avant de s'endormir.

Dans un sommeil aussi réparateur la demoiselle s'en est allée éperdument dans les bras de Morphée. Plongée dans un univers silencieux, Rhabi se retrouva dans une glèbe verdoyante. Là-bas, elle ramait au-dessus d'une étendue d'eau à perte de vue. Dans un paysage aussi attrayant, elle s'est sentie enrôlée dans une sérénité sans aucune pollution acoustique ni environnemental géospatiale.

Il n'y avait que ça seulement. Tandis que les alentours la sentaient souffrante à travers la résonnance des râles émises, elle se sentait bercée. Bien plus, une bande débobinait un conte dans lequel elle paraissait comme une reine. Rapidement et pour la première fois, elle se voyait perchée sur le siège d'un cheval blanc qui l'amenait à un vieil homme tout blême.

Celui-ci semblait l'attendre comme un messager envoyé vers elle. Avant de lui tendre la main pour décliner la règle élémentaire de courtoisie, il disparut de façon spectaculaire. Une brume atmosphérique se fit autour d'elle de sorte à l'égarer dans ce nouvel espace. Assise toute silencieuse scrutant un vide imaginaire, elle écoutait avec avidité une berceuse chargée d'espoir qui vrille au rythme d'un vent glacial.

Une saison de paix

VI AURORE DE L'UNITE

Sous ce paysage redoré, son gendre pour mieux le séduire manifesta intérieurement quelque chose qu'il veut bien partager par moment avec lui particulièrement

En compagnie de sa marâtre, avant de vouloir prendre congé préféra devant ce grand public rappeler au vieux la trahison des deux amis de l'histoire ourdie par l'excès de confiance. Leur amitié a été tellement sincère qu'elle évolua en fraternité. De nuit comme de jour, ils sont restés inséparables. C'est vrai de tout temps, le moment pathétique de leur séparation n'était que par le sommeil qui leur était imposé.

Avec le train de la vie qui par endroit se heurtait aux déboires les plus atroces, l'on croyait que ce moment-ci forcerait la rupture de cette amitié mais en vain. Quelque part, l'ultime arriva. L'un d'entre eux pris la chefferie et fit de son confrère le décideur voire le cœur de son pouvoir.

Dans cette chaleur joviale ces deux inséparables ont façonné une ambiance sociale à l'image de leur amitié. Toute la communauté se sentait libérée des jougs du colon et ont toujours compris que les œuvres de ces deux amis sont des exemples à pérenniser. Perché sur les caprices d'une hypocrisie, un de leur voisin se sentait menacer par cette forte et séduisante harmonie de ceux-ci.

De part et d'autre il explora les faiblesses de chacun de ces deux compagnons pour mieux les assommer. De tous les manèges, il retint que si une femme était mise en jeu entre deux hommes comme ceux-là, la chose irait mieux à son terme. Sans hésiter, il usa mains et pieds liés pour s'y engager. Au premier de ces compagnons, il promit, or, diamant, argent et femme dont il prendra en charge le cérémonial de quel qu'envergure que ce soit. Celui-ci très visionnaire compris et déjoua le piège.

Très adroitement, il traduisit toute sa reconnaissance pour cet attachement en lui renvoyant autrement sur la face toute sa sournoiserie expertement arrangée. La chaude patate dans la face, le fit changer de fusil d'épaule. Pour le second condisciple il se mit à préparer une de ces femmes les plus séduisante. Connaissant ses goûts, il créa une de ces occasions et mis à ses trousses cette dame experte des envolées de toutes les nuits sur terre.

A une distance hors de portée vue, il fit en sorte de l'emballer aisément sous un corsage emblématique. De toute sa vie, voici une créature aux élans féeriques qu'il venait de découvrir pour la première fois et dont il ne pouvait se passer. Revenu de cette aventure, il fit à son ami une confidence de se séparer de sa première conjointe pour s'attacher à une nouvelle découverte dont lui seul détient le secret.

Cherchant à comprendre cette décision biscornue et surtout pour un couple que l'on a toujours jugé affable.

He bien l'embarra était ainsi exprimé par Jacques. Attendait-il les manifestations sentimentales ou psychologique de sa complice lorsqu'il finissait ce récit.

Comment est-ce possible de coloniser un si tendre cœur par un mot symbolique pour une si belle, une si vertueuse, s'est-il évadé ? La véritable perspective dans le sens de l'éducation des membres du couple, serait de toujours mutuellement se traiter comme l'on aimerait être traité.

Une saison de paix

Par ailleurs, conformer et adapter toutes les circonstances actives à la paix, à la joie et à un climat toujours convivial convient mieux pour croître le bonheur et grandir dans la quiétude. Son contenu était chargé de plusieurs messages d'enseignement mais aussi sur l'itinéraire du destin.

Les uns dormaient pendant que les autres semblaient perdus dans une féérie de la nature contemplée avec autant d'avidité qu'épris de satisfaction. L'allégresse se lisait sur tous ces regards rayonnants à l'intérieur de cette belle villa nichée au pied d'une zone résidentielle.

Le monde entier n'attendait que ce genre d'Amour pour mieux reverdir la paix. De toutes parts le spectacle ne pouvait que luire selon les aspirations des uns et des autres. Kevin ne pouvait que s'évader, s'égarer ou s'extasier dans les mailles d'une telle séduction. Autant le temps transforme, l'éclat du soleil, illumine la noirceur de la nuit noire, autant il continue de façonner l'appréhension.

Papa Anselme n'avait pas fini le second thème sur le cérémonial réservé à cette journée dédiée à St valentin. De plus en plus cette charade frisait la senteur chaleureuse de cette union qui défraie déjà la chronique dans tout univers humain. Que retenir de cette opinion du sage qui émettait déjà des soupçons sur l'exagération de cette célébration dénuée du sens réel de l'Amour réciproque. Nul doute que cet homme merveilleux, suffisamment doué dans les conciliations était et demeurait toujours le bienvenu car sa seule mission était tout simplement d'éviter à tout couple sanctifié les pièges sociaux tendus par tout venant.

A bien vouloir se rappeler ce qui s'était passé dans la contrée où sept ans durant, se fit une de ces pièces aussi indécentes qui pour rien au monde ne pouvait effleurer ni l'esprit de Sophie encore moins celui de Kevin. Les manèges étaient aussi grossiers que les dévoiler dans un tel lieu pourrait conscientiser plus d'une personne.

Une saison de paix

De quoi s'agissait-il encore se demandaient les plus curieux d'un ballet aussi frénétique. Papa Anselme de reprendre le climat belliqueux observé sous sa tente d'un jour ou ses gadgets étaient très prisés. Sans y avoir pensé, le stand désemplissait vu qu'il s'agissait d'une journée dénommée st valentin.

Une célébration qui avait choisi d'être beaucoup plus gestuelle qu'issue des profondeurs des cœurs sereins comme celui de Kevin et de Saphie. De son oreille, très attentiste il enregistrait aisément tout ce qui se disait sur cette journée. De toutes ces histoires et ou mésaventures, Papa Anselme s'est résolu d'en parler surtout la figurine la plus anecdotique et l'engouement qui distingue cette journée. Selon ses dires, « St valentin » loin d'être un nouvel avènement qui défraie la chronique, impose aux yeux une beauté historique du mieux vivre la véritable harmonie conjugale ou sentimentale. Le réveil au rythme du soleil montant comblaitla simple parure instantanée des plus grandes rues à travers guirlandes multicolores ainsi que les bordures décorées de bouquets de fleurs romantiques.

Faites-en beaucoup attention car elle est par moment un objet de rupture conjugale. J'en ai entendu parler. Pour votre propre gouverne, retenez que la fête de st valentin est née dans les vallées saisonnières. Cette période coïncide avec la randonnée de tous les oiseaux du monde. Ceux-ci nichés autour de ce lac sacré du désert qui a servi depuis la nuit des temps aux humains.

Ainsi, de retour du champ de la bataille en triomphateurs, les soldas de l'armée les aurait autorisés de faire un véritable tapage pour les accueillir. Devenue une manifestation mondiale, elle finit par changer d'orientation pour se focaliser sur une simple manifestation de sentiments.

Ainsi sur un mois à l'avance, tous les aventuriers qui construisent leur sentiment sur un bien matériel se permettent de faire des commandes de toute

Une saison de paix

nature. Devenu une sorte de compétition matérialiste, le jeu ne vaut plus la chandelle. Tout a changé.

Pour une même demoiselle, l'unité de mesure du sentiment était devenue depuis longtemps la taille de votre geste. La rudesse du jeu froissé plusieurs foyers d'où est né le regret. Juste après le passage de ladite journée, une demoiselle qui voulait comprendre son challenge se mit à compter ses présents.

Elle eut effectivement beaucoup de présents au nombre desquels, fleurs, mobiles, moto et même des propositions conditionnées de belles voitures. Pour s'en délecter, elle invita ses amies qui en raffolaient mais s'imaginaient comment est-ce possible qu'une seule fille puisse ressembler et arriver à ça ?

La réponse resta au fond de chacune d'elle comme un conseil précieux si l'on se veut intègre. Laissant l'aventurière dans ses emprises, l'une d'entre elles se rendit compte que parmi ses présents figurait celui de son fiancé avec des empreintes indiscutables. Que faire ?

Prince Capo était le nom de ce jeune homme qui semblait être le plus nanti de cette ville. Toutes les marques les plus luxueuses de voitures voire toutes les cylindrées des motocycles étaient distribuées à souhait par prince capo au gré du contrat. Il le faisait à un rythme infernal et allait jusqu'à la distribution du carburant au besoin à tout ou toute bénéficiaire.

Le danger étant en train d'aller à une allure inadmissible, le pays dans sa traditionnelle quiétude, était déjà sur pied de guerre avec la menace terroriste. Un restaurant kapchuno, une ecole au nord un quartier délogé de ses habitants par des raffales jamais réalisées.

Mati reprit l'appel pour le rendez-vous que prince Capo venait de lui accorder. Pompiste de son état quelle ne pouvait être la taille de l'honneur qu'une telle entrevue ne pouvait procurer de part et d'autre. Mati attendait

Une saison de paix

inlassablement son heure de descente du travail à la station pour mieux aménager le temps de sa randonnée avec prince Capo.

A n'importe quel moment le piège scruté était un objet mieux qu'une mission. L'air commençait à recouvrir un tempérament printanier lorsqu'elle se rendit compte des risques à courir. En ce moment-là elle comprend le manège que toute méthode transcende toujours le temps.

Toute patiente Mati s'engagea sur ce sentier si escarpé qu'elle n'eut aucune peine à mettre de côté ses désirs personnels. Le pouvoir de Mati à dire un mot est inévitable. Que faire, la tête bourdonne à la quête d'idée salvatrice à court et à long terme.

Plus elle sera présenté devant frein Caporale pourrait le transformer

Une destination qui s'éloignait à mesure que la boussole relève. Sautant d'une piste à une autre, elle contourna la marée boueuse, qui la séparait de la cabane.

Comme un pèlerin chapeauté d'un privilège indiscutable vues de ce qu'il semble représenter dans cette ville. Une étrangeté sciemment façonnée pour plaire ou pour mieux plaire envahie prince toujours impatient à attendre inlassablement cette créature. Pour rien au monde son esprit continue de vagabonder sur l'impression amusée de la femme dont la présence reste une compétition à distance mais bien animée.

Pour se résumer s'étendait devant lui un terrain plat qui symbolisait que tout est aussi vivant de comprendre que cette créature pourrait bien crever les yeux de ces concurrents. Pour autant, il ne pardonnerait personne à s'y aventurer. Perturbé par une telle appréhension de la raison, l'occasion doit éteindre sa fureur et ses adversités infructueuse. Sans savoir pourquoi cette demoiselle était en train de le hanter cruellement.

La seconde qui suivi cet égarement, une brise paisible et merveilleuse s'étala sur lui, aux vues de Mati arrivée. Bien qu'elle se dirigeât directement vers prince, elle fit semblant de la rechercher en jetant un regard circulaire à l'intérieur de la cabane. Cette démarche vient colorer la vision du prince qui se convint d'entrée de jeu l'attachement de cette fille.

Cette affirmation silencieuse au rythme d'un courant d'aire fini par motiver prince à traduire sa galanterie en faisant un pas vers Mati. Peu importe les talents un tel cadre force inéluctablement une gêne et une pointe de crispation comme la succession des saisons.

Se bousculées dans l'esprit du mouvement ascendant le sentiment commence à prendre corps dans ce geste de prince qui venait de caresser la joue droite de Mati. Dans cette attitude une sensation poussait les deux novices à s'adonner. Quand commencer à enclencher cette vague sentimentale qui n'était point distinct de la réalité. Prince se loge au fond d'un amhara qui se sent à vue d'œil sans que cela ne soit vaines paroles pour influer.

La sensation d'avoir entamer un processus d'apprentissage à vivre un autre monde. Tributaire de toutes les informations de prince Mati en revint au cadran de celui qui se trouve devant elle. A proximité, étaient assis des intrus qui dérangeaient le choix de prince. Sans idées préconçues, les deux tourtereaux tournaient en rond pour engager l'entretien.

De façon inattendu ils s'y engagement dans une illumination et une inspiration capricieuse. Aussi mystérieuse, très rarement, dans une aventure traversée les espaces, le plaisir, les trésors qui t'illumineraient, qui ne perd jamais sons éclat.

Pour lancer l'objet de cette assignation, prince prit chaleureusement la main de Mati. Tout en fixant affectueusement son attention sur cette demoiselle dite femme noire aux beaux yeux brillants, prince, bien qu'éprits d'impatience plongé dans l'agilité d'un fauve assoiffée, se retint à mettre en route les principes élémentaires.

Une saison de paix

« *Mademoiselle tout le plaisir est pour moi de partager cette excursion avec une créature aussi séduisante. Depuis longtemps je vois que le plaisir procurer par une telle excursion me semble inhabituelle par l'éclat de ton regard.*

Jamais de ma vie et en toute franchise je me suis sentis moins à l'aise d'exprimer ma cupidité d'affrioler une nymphe de ta trame. Sans même connaitre ton nom mon pressentiment corrobore avec les indices apparentes de l'identité qui colle avec les traits d'une douceur dont la devise est tendresse, courtoisie et fantasme. Connue en moi et de tous d'ailleurs comme une faiblesse innée, c'est ainsi que j'accueille toute compagne selon ses attributs et sa magnificence. Accepte cette phraséologie tout simplement comme mes compliments »

Le breuvage assaisonné par Prince Capo semblait avoir fait son effet sur Mati. Pour une scène théâtrale assez bien structurée comme celle-ci, ne pouvait qu'épater tout venant pour assister au spectacle. Comment réagir face à de tels compliments élogieux ? S'imaginait Mati.

Sans idées préconçues ni vouloir aller loin ou tourner en rond, face à un tel stratège, la donzelle à travers une impression physique d'enthousiasme et d'émerveillement parfait, manifesta sa franche adhésion aux dithyrambes de prince.

Plongé dans un creux aussi profond que chargé de doute devant une ascension vers un risque plus ou moins dangereux qui apparait dans son imagination et semble la désorienter. Professionnelle de son état et de façon subtile, elle put se ressaisir en une fraction de seconde. A vue d'œil, prince n'a pu lire aisément sa subtilité, son souhait était tout simplement de mieux dominer sa conquête.

Mati très consciente de sa mission de savoir investiguer sur les réelles motivations de cet aventurier qui ne faisait que s'attacher à une frange autant fragile qu'exposée à la dérive, prête à animer sans scrupule

l'incivisme. Elle avait abandonné son téléphone sous instruction de Simon pour être beaucoup plus en sécurité

Fugacement, une ombre de sourire déchira le visage de Mati sur ses traits énergétiques tandis qu'elle se préparait à acquiescer sous la cabane discrète pour s'incliner devant ces hommages de Prince. Pour remplir la quintessence, sous un rendez-vous truqué et chargé d'un piège.

La terreur grouillait de part et d'autre. L'on se demandait comment et pourquoi la vie s'animait dans un questionnement sur les incertitudes vers la quiétude. Les quatre coins cardinaux du pays traversaient la perturbation. Rien qu'hier seulement la première opération des troubadours venait de se réaliser. Impuissant le crime, venait de mettre fin à la vie de milliers innocents des environs. Du haut de ce forfait les ondes annonçaient les cris d'émeute. Dans un environnement de fauves

La mère des deux enfants qui semblait réussir sa mission sentimentale était toute éprise d'une joie débordante. Le journaliste à la quête d'une information à publier s'évertuait de façon stratégique à enregistrer cette causerie. Tant il est vrai que le lieu sied à accepter toutes les vérités qui n'avaient aucune oreille active pour l'écouter.

Pourtant en sortant le marabout avait bien fait ses ablutions. Pourquoi pourrait-il se laisser tomber si bas ? La muette assistait au spectacle avec frénésie. Le fond de la trame était tout fait et aussi luisant. Comme si la soliloque était un geste salvateur à l'image d'un traitement du burnout il venait de tout dévoiler.

La femme était vendue à vil prix au (Marabout et à ses stratèges). L'histoire n'était pas assez particulière le laissait entendre le grand fureteur des mythes. La bonne dame n'était venue pour une confession mais bien tout autre chose. Les temps ne se laissaient plus marchander. Il faut bien plus

Une saison de paix

saisir l'opportunité qui sied pour atteindre la cible. La langue s'était aisément déliée et laissait sortir librement toutes les confidences. Vu de la fortune qu'elle attendait après la mort de son conjoint, la solution paraissait toute simple. Qu'est-ce qui pouvait bien lui revenir s'il parvenait à l'y aider ? La bonne dame ne marchanda pas ses aspirations ni ses mots à lui offrir ce qu'il voulait.

Contre vent et marées, une telle proposition était certes vague mais semblait élargir le champ de la chance. L'option de se rendre au fond très obscure d'un monde irréel pour y extraire ou abréger la vie d'un humain comme soit, trottait dans l'esprit d'un pieu comme lui.

Cela étant très complexe il lui paraissait mieux de repartir dans le chapitre du mensonge pour distraire au maximum et l'utiliser à souhait. S'il y a bien des phénomènes fantasmagoriques à réaliser pour te plaire, il faut accepter certains conseils qui mettraient à l'abri de tout soupçon. Il lui posa moult questions avant de passer à l'action. En dernier ressort lui vint l'idée de savoir l'échéance du crime.

Projeter vers le sol par le soleil couchant, elle se dirigea d'abord vers sa demeure comme une convention profonde nichée dans son cœur. Elle seule connait le plan de ce spectacle à l'apparence familière.

Ces pages seront-elles jamais publiées ? Je ne sais. Il est probable, en tout cas, que, de longtemps, elles ne pourront être connues, sinon sous le manteau, en dehors de mon entourage immédiat. Je me suis cependant décidé à les écrire.

L'effort sera rude : combien il me semblerait plus commode de céder aux conseils de la fatigue et du découragement ! Mais un témoignage ne vaut que fixer dans sa première fraîcheur et je ne puis me persuader que celui-ci doive être tout à fait inutile. Un jour viendra, tôt ou tard, j'en ai la ferme espérance, où la France verra de nouveau s'épanouir, sur son vieux sol béni déjà de tant de moissons, la liberté de pensée et de jugement. Alors les dossiers cachés

Une saison de paix

s'ouvriront les brumes, qu'autour du plus atroce effondrement de notre histoire commencent, dès maintenant, à accumuler tantôt l'ignorance et tantôt la mauvaise foi, se lèveront peu à peu et, peut-être les chercheurs occupés à les percer trouver ont-ils quelque profit à feuilleter, s'ils le savent découvrir, ce procès-verbal de l'an 1940

Le nom de la république passait et repassait sur les ondes à un rythme très préoccupant. Il y avait certainement un évènement. Si ce n'était le cas, les rumeurs auraient fusées pour annoncer l'ampleur de l'anicroche. Les supputations de part et d'autre annonçaient une vive constriction entre les partis politiques de la même république.

Qu'en était-il exactement ? se demandaient les citoyens de tchindougou. Les choses étaient totalement scellées au lieu de vivre un autre tourment, les leaders des mouvements sociaux s'affûtaient à faire vivre une paix indescriptible. Derrière la pièce théâtrale était toute montée pour meubler la galerie.

Du haut de son château, Salam se mis à pleurer à chaude larmes. La fumée qui montait venait de son entrepôt plein de vivres et d'autres produits divers. La débandade commençait à confirmer un soulèvement populaire. Sans compter avec l'agilité des tireurs d'élites qui venaient d'engager la chasse poursuite dans tous les recoins du pays, les services de morgue ne désemplissaient pas. Combien de temps allait-on subir un tel affront ? Surtout dans un pays qui symbolisait apparemment un mieux-être. Salam ne s'en remettait point à Dieu bien au contraire, il lui fallait une alternative pour sauver ses nombreux convois en route. Tout son souhait et ses vœux les plus sincères se résumaient qu'il n'y ait aucun changement.

Une saison de paix

Depuis la nuit des temps il s'est construit une fortune qui défraie la chronique populaire. Rien qu'à voir le quartier qui était sa propriété, l'insolence de son approche. De ce quartier général, Salam avait la situation de toutes les autorités de la ville de tèmintèminsso y compris l'arrivée de tout étranger.

Salam devait son salut à la fraude de toute sorte de produit de même qu'à la corruption sous toutes ses formes. Sans le savoir, il avait le programme des sorties et des pistes de toutes les équipes de la brigade mobile pouvant saisir ses produits.

Le schéma était très simple, toutes les domestiques de ces agents étaient des complices de Salam. Chaque matin le point focal du marché recevait les informations qu'il lui transmettait directement. Autrement, en cas d'urgence les domestiques étaient chargés d'appeler moyennant une forte récompense.

Mica était son bourreau qui tuait sans trace. Il avait en outre le schéma stratégique de tous les prostitués de tèmintèminsso rqui étaient chargées de distribuer la drogue. L'homme à tout faire excellait dans la râpe des enfants surtout les talibés de la rue à des fins démoniaques mais également dans la vente des organes humains. Les rumeurs à son sujet, rapportaient qu'il faisait partie de plusieurs meurtres ignominieuses dans la république. Dans la zone de tèmintèminsso, il symbolisait un demi-dieu et ne craignait personne au point que toute sa venue frisait une réelle délinquance, cassant tout à son passage.

L'actuel évènement qui n'était guère souhaité par personne, surtout par Salam traduisait une râle bol aux yeux de toute la population du fait des

Une saison de paix

attitudes indécentes d'une classe minoritaire qui s'adjugeait sans aucune réserve les biens du pays.

Derrière les flammes issues des pneumatiques, et du saccage orchestré qui montaient de toute part, des barricades étaient dressés sur les grands carrefours par les manifestants.

Les nuits sont certes longues de même que les jours. Devant cette succession des torts irréparables que seul le pardon de l'humilité. Drapée de leur tenu de sagesse, les voix sonnent de l'ombre pour clamer le crédit cette forteresse inassouvie. Les pas trépident, mains en l'air d'un monde qui vit sans exister, accablé de toutes parts, par un climat d'inimitié et toujours délétère.

Effilochée de toutes parts à la quête du gain facile, l'histoire est têtue, elle chancèle et émeut l'espace et le temps. Elle n'est point dormante, mais enseigne le devenir des zones de crainte et de lutte sur tous les rivages.

Les étroites collines se cachent derrière les cimetières insatiables qui continuent d'abriter toutes les âmes humaines silencieuses. Entre les crocs des actes de fatalité qui habillent les déchéances s'enlisent et continuent d'user la cadence de joie.

Dans mon pays, ces cimetières sont certes silencieux mais souffrent d'insomnie devant l'injustice et le forçat qui vagit sous le rythme des occupations des espaces. Devant cette succession des torts irréparables que seul le pardon de l'humilité s'efforce à dompter.

Le jour flambant, grand dès son réveil reste toujours pétri dans la géhenne à la tombée désespérante au soir. Le mutisme de l'histoire n'a jamais refusé d'enfanter le destin des évènements. Elle vient toujours chapeauter l'espace et le temps façonnés à sa guise.

Une saison de paix

Dans son train l'histoire décrit l'humeur changeante des peuples autant que la marque indélébile née du métamorphisme du contrat social. Les vents plaintifs venant du nord au Sud de l'est à l'ouest ce sont les souffles des remords de l'injustice.

Dans le lit le déshonneur dormait. Où s'est cachée la félicité des cœurs poignardés nourri à perpétuité de dédains de haine, de hargne. La légende rapporte que pour bâtir un tribut aussi digne qu'intègre ou alors aussi fable que la tempête remplie d'émoi sur les cœurs tristes s'ébroue et s'écroule le poids sauvage des souvenirs véniels.

Le saut venu de l'irréel vers un néant prédit compose le gout affadi du demain sous les mains salles. Le doux vent des sentiers vient pour verdir sous la douce rosée l'hypocrisie drapée dans un songe du réel sur tous les sourires qui piègent les honnêtes arbitres des saisons nourris de la paix.

Depuis ces temps immémoriaux, la planète continue de vagir sous les immondices sordides des sentences inavouées. Dans l'excursion, les oiseaux de l'azur serein explorent le dédain qui habille de haine le couvert mondain. La beauté merveilleuse enfante jalousement d'un ressentiment façonné dans le berceau de cataclysme.

Comment et combien sont ceux du haut de leur sagesse partagent le salut de cet univers jalonné par les figurants. Quelque part, sous les pas trépidants qui s'en vont vers le gain commode, le cosmos agonise. Le breuvage contre cette ignominie voltige à contre-courant sur les rives maléfiques et incertaines amarrés par les colporteurs.

Là-bas, les marchands d'illusion déguisent la cime trompeuse de l'harmonie sociale pour aggraver le sort sacrificiel sur l'autel du totem et du diadème. Le moine que fus-je, se mit à scruter les quatre horizons à la recherche savante du miroir salutaire. Intrus dans un labyrinthe de maintes issues, ce

Une saison de paix

novice s'en alla copter le verbe qui étanche la soif, assouvi l'élan du dégoût, nourrit et fortifie la paix dont le sentier est toujours boueux.

- ✈ Dites-moi qu'est-ce que la paix ?
- ✈ *Un vide plein de sens qui navigue sur les flots pétulants du destin social. Venu d'un creux intarissable du bonheur, elle confond les tréfonds et les fonds des incertitudes. Elle part d'une graine inimaginable semée sur le terreau enrichi au gré du souhait. La paix partage les sentences des disharmonies travesties. Comme une goutte de la saveur délicieuse, elle se sent et entonne ses mélodies qui séjourne dans les entrailles.*
- ✈ *J'apprends avec cette incartade que la paix s'apparente à une convive argentée que convoite tout venant. Si tel est le cas, la paix existe-t-elle dans le cosmos ?*
- ✈ *Quant aux marcheurs, ils en ont vu sur tous les fronts. La paix symbolise le train confortable et toujours vide. Mais elle annonce fréquemment une avidité devant la réponse inassouvie des réalités tristes qui glissent et encore sur le tronc grelottant devant les effrois. Sans aucune identité la paix est un souffle qui vient du quotidien pour le quotidien pour habiller la souveraineté de chaque produit de l'écosystème.*
- ✈ *Je professe encore que vos dires rapportent que la paix a une similitude avec fouine de quoi se nourrit-elle ? Au demeurant quel est le type d'habitat qui l'héberge ?*
- ✈ *De nulle part la paix ne peut se sentir qu'à partir d'un bémol du temps surchauffé par un climat hétérogène.*

La période de la chasse venait d'être officiellement annoncé. Chacun se préparait hâtivement à ramener le gibier qui sied à sa famille. Cette battu publique et collective s'achevait toujours avec un geste de solidarité sous d'autres cieux mais se rencontrait rarement ailleurs. Binté chapeauté de grands talents de chasseurs s'évertuait à couvrir les fétiches du sang d'animaux sauvages.

Niché au tréfonds de cette montagne sacrée historique, les initiés de la chasse attendaient le retour fatidique des envoyés. Personne ne pouvait se permettre un geste sauf sous la demande du maitre de la confrérie. Quelques heures plus tard l'on observait le retour de la première vague.

La chose était aussi plus pathétique que l'on ne l'avait imaginé. Les trois grands voleurs de Binté s'étaient permis de défier le fils du chasseur. Ce jour-là Rhabi ignorait que sa convoitise était à l'origine d'un tel démêlé. La seule et séduisante dame du village. Elle se rappelle bien des quartiers de gibier reçus à chaque passage du fils du chasseur chez elle.

Le premier des trois de lui dire que si ce n'est par coïncidence heureuse comment pouvait-il parvenir à cette belle créature ? Nous savons comment parvenir à le freiner mais surtout le faire comprendre qu'il est loin d'être notre égal. Brigands professionnels, s'il n'en tenait qu'à moi fit encore le second des trois, allons étape par étape. Communiquons avec lui à distance avant de l'obliger s'il a de la peine à comprendre.

Le marché était à son comble lorsqu'ils perdaient toujours leur temps à cogiter sur le dernier scenario. Les brasseries locales fumaient à rompre les têtes. Dépendance totale toute faite toutes les vérités s'y heurtaient et animaient le silence des cimetières.

Comme un intrus inutile le fou de la galerie enregistrait sans cesse les messages dangereux qu'il vendait à vil prix à la police de proximité. Au moment où cette police communautaire et locale s'évertuait à assainir les lieux, les professionnels continuaient à éventrer la loi. A côté d'elle un fait insolite attirait l'attention.

Un attroupement spectaculaire autour d'une victime. Les microbes venaient de le dépouiller de sa première et nouvelle motocyclette. Du même coup, le soupçon était partagé. Personne n'avait confiance à l'un ni à l'autre. Tout était mis en œuvre pour dénigrer le schéma sécuritaire du pays.

Au moment où les mini cars se préparaient à décoller pour Binté, une rumeur annonçait le braquage des deux premiers à mi-chemin. Hésitation pour hésitation, certains firent fi de ce qui était dit et arrivèrent à bon port sans aucune intimidation.

Bêden, se résoluà cracher la sève et le venin qui faisait tant souffrir les bintelois. Bien qu'il soit fou, d'ailleurs il ne l'est que selon les dires des autres, il usa de son bon sens pour juger à qui se confier.

A la première heure, deux jeunes gens du village furent interpelés par la police nationale. Au regard de la générosité légendaire de ces jeunes poussa les bintelois à accourir pour les défendre. Une chose et son contraire semble se présenter. La peur panique devant l'insécurité grandissante

Le feu de ses yeux pâles, illuminait ses sentiments profonds. Bêden les regardait sans mot dire. Intérieurement il se demandait pourquoi oser s'en prendre aux monuments sacrés et si chers à la nation. Plus loin son imagination, lui rappelait que le mensonge n'a toujours présenté que des fleurs luxuriantes mais jamais de fruits. Ce monde plein d'hypocrites, commence à lui rendre sceptique et incontrôlable.

Les premières personnes à allumer les locaux de la police et à saccager sont ceux qu'il connait très bien dans l'animation de la scène. Ce monsieur de bleu vêtu, venait déjà d'offrir un camion de vivre à la population de Binté. Il demandra à toute la population de le soutenir dès que de besoin. Ces deux malfrats ou prétendus scélérats étaient tous à sa solde.

Il lui fallait une stratégie aussi ignoble comme celle-là pour confirmer sa bonhomie à Binté. Combien de temps pourrait-on voiler le mensonge ? Se demandait le fou qui par moment se culpabilisait d'avoir vendu une mèche.

Les complices ont certes été déférés mais les dégâts ont été énormes. Que faire face à une telle bévue ? Se pourrait-il que l'on découvre la supercherie et se décide à finir avec le fou. De part et d'autre, les gens se demandaient sur quelle base ces deux jeunes apparemment très sympathiques envers les Bintelois ont pu être arrêtés.

Toutes les images le prouvent. Ce sont eux les véritables bandits de la galerie. La couronne d'ordure sur la tête du fou faisait certainement rire mais cachait minutieusement une petite cameras et un système d'écoute et d'enregistrement. Les malfrats dont il était question étaient directement suivi à partir des appels émis depuis le centre d'investigation.

Ceux-ci ignoraient qu'à côté de Bêden, ils étaient tous filmés et s'exposaient dangereusement. Au réveil, il annonçait son numéro que tous ignoraient comme un code. 41-14-75-18, venait comme un refrain de sa musique pour distraire la galerie.

Une fois entonné, il disparaissait des lieux pour se retrouver loin des regards afin de matérialiser son rapport à rendre immédiatement à la *hiérarchie. Quelques minutes après, arrivaient les hommes de tenue dans les environs. Pour mieux marchander à cette étape, il faut à la sécurité de prendre son mal en patience. Tous les locaux étaient en lambeaux pour une raison bien fondée. Beden croyait fermement au père céleste pour les laisser aller au bout la tête haute.*

Personne ne pouvait comprendre sa folie. Pour des moins observateurs que ce peuple de binté, il leur serait inadmissible de déceler une telle ruse ourdie depuis un cerveau aussi professionnel. Toutes les agglomérations ont commencé à enregistrer de tristes nouvelles issues des affres de la délinquance Le constat est né de

Toute la contrée a toujours entendu parler de cette légende inoubliable. A la limite elle a été ancrée dans toutes les familles de Binté. Là-bas, de par la grandeur de leur foi en l'être suprême chef des armées célestes, ils comprenaient tous aisément les retombées des bienfaits de même que celles des méfaits.

Au-delà cette unanimité va plus loin. Il ne s'agissait pas des faits et gestes décents ou indécents mais plutôt une intégrité en âme et conscience. Mieux à partir de la seule et unique éducation dans cette contrée, chacun avait le devoir depuis la nuit des temps de soigner et de veiller à la probité tant en pensée qu'en action.

Quant à la méchanceté et à l'opprobre de toute nature qu'ils soient ou paraissent ils y étaient bannis jusqu'à la fin des temps. Ainsi toute personne de cette contrée qui voguera à contrecourant en s'inscrivant dans le train de cette malédiction, récoltera tristement la froideur des remords quantifiés au nombre absolu de ses propres forfaits.

Comme les mécènes de l'humanité l'ont toujours stipulé, le destin de tout être humain s'inscrit dans l'un ou l'autre de ces deux loges. Dans cette contrée, l'image que ceux qui choisissent d'épouser la méchanceté iront bâtir l'enfer raffermit davantage la foi de ceux qui ne feront que du bien sur cette terre. Grandement ouvertes les portes du paradis présentent aux vivants et survivants de la mère terre nourricière la grandeur et la magnanimité que reçoit leur dernier repos. Pour un paysage aussi attrayant, Binté se voyait déjà inscrit en lettres d'or sur ce registre tant

Une saison de paix

convoité par ses fils car toute son histoire est partie de cette allégorie. Dans un cercle qui s'ouvre et se referme, Binté a été construit à partir de son nom sur la base de ce que le destin crée.

Les deux mondes dont on parle tant s'illustrent ainsi autant sur terre que dans les cieux. La croisée des deux aventuriers venus à Binté a réellement peint le paysage de la vie humaine sur terre. Comment chacun pouvait bien construire sa cité. Personne de ces deux ne pouvait changer ni se substituer à l'image de l'autre.

Le mal reste toujours le mal autant que la probité reste inamovible. La nature de chacun de ces deux aventuriers était à la limite innée car on a beau chasser le naturel il revient au galop. Personne ne peut changer le cours du destin où qu'il soit d'où qu'il vienne. Venus d'origine diffèrent, ces deux aventuriers chacun à la quête d'un lendemain meilleur sur le long chemin du destin.

Les deux aventuriers du destin venaient d'emprunter la route d'enseignement. L'un se nommait Gnomankê et l'autre Djougoukê. Le chemin à emprunter était tellement long qu'il leur fallait mieux s'approvisionner. Connaissant également très bien les épreuves de l'aventure, chacun se mit à la tâche.

Djougoukê s'était armé d'une machette, d'une lance et d'un tomahawk pour sa sécurité. En plus de ces objets, il remplit sa gibecière de sésame, d'arachide, de farine de céréales, de pot de miel mais aussi d'autres croquettes séchées.

Aussi prévoyant que de coutume, Djougoukê n'oublia pas de prévenir la soif en prenant en compte une gourde pleine à rebord. Quant à son tour, Gnoumankê, fut très sobre. Tout en espérant se servir des objets protecteurs de Djougoukê, il se départi de son sabre. Afin de ne point brimer son compagnon de route, il s'approvisionna aux maximum possible en toute sorte de denrée alimentaire comestibles. De même que ce dernier, il n'oublia pas sa gourde d'eau. Tout étant prêt, les deux aventuriers prirent le chemin. Il s'agit d'un chemin sur lequel se trament toutes les séries d'évènements et où l'on peut mieux rencontrer toutes sortes de séries qui entourent non seulement la vie mais tire sinon y laisse le maximum de leçons.

Une saison de paix

Les deux compagnons arpentèrent le trajet dans l'espoir de récolter mieux que ce qu'ils obtenaient étant chez eux. A mesure qu'ils avançaient sur ce long et interminable chemin, la faim et la soif commençaient à les torturer. Lorsqu'ils arrivèrent à l'ombre d'un gros arbre fortement ombrageux, il se décidèrent à prendre un repos le temps de se désaltérer et de se restaurer pour se faire encore plus d'énergie pouvant leur permettre d'atteindre une grande distance.

L'arbre sous lequel étaient assis nos aventuriers, paraissait si mystérieux que tous ses alentours restaient calmes et silencieux. Le vent qui fouettait la douce brise, venait silencieux pour apaiser les esprits et les divinités des environs. La cime était si haute que personne ne pouvait apercevoir tout ce qui s'y cachait.

Aucune appréhension n'effleurait l'imagination de ces deux promeneurs. Une fois installé, sous cet arbre tutélaire, sans se soucier de quoique ce soit, se mirent à partager le repas. Gnoumankê, comme son nom l'indique, sortit son repas et le partagea entièrement avec djougoukê.

Ce dernier ne se fit aucune peine de souffler même en sourdine qu'il ne disposait ni de repas encore moins d'eau dans sa gourde. Sans compter avec l'assistance des esprits mystiques qui habitaient les environs, ils mangèrent à souhait.

Après avoir fini, le repas les plongea dans un sommeil réparateur. Simultanément, l'effet d'un endormissement se manifesta tant chez gnoumankê que chez Djougoukê comme cela est décrit ci-dessous. Par surprise, un violent tourbillon vint brusquement rompre la quiétude de ces deux compagnons sous ce gros arbre ombrageux.

Tous paniqués, chacun se cherchait un abri salutaire. Le vent de s'estomper, ils entendirent un cri strident. De là une plainte pour avoir crevé l'œil de son fils avec les objets durs et contondants issus des débris du repas.

Cette voix très audible venue de l'invisible ajouta des menaces de mort. Djougoukê, de jeter l'anathème sur gnoumankê. Il adjoignit que le repas dont il était question provient de sa gibecière mais pas de chez lui. Gnoumankê, confondu devant ces propos qui le culpabilisaient, s'imaginait comment faire face à un tel dilemme.

Une saison de paix

En une fraction de seconde, il se rappela des conseils d'orientation que lui avait prodigué son grand père. Devant la persistance de cette menace que djougoukê avait déposé sur Gnoumankê, celui-ci réagit.

Bien qu'invisible, Gnoumankê lui revint en reconnaissant son tort et se soumit à sa sanction. Par inadvertance, le génie rapporte que son enfant venait de succomber finalement. La sanction n'était autre que de remplacer la mort par la mort. Gnoumankê se vit ipso facto soumis à la mort.

Sans aucune hésitation, il se plia à cette décision tout en suppliant de lui octroyer un temps. Cette sollicitation était faite juste pour lui permettre de terminer son aventure avant de revenir se livrer à la mort sous ce même et gros arbre ombrageux. Dans son périple il avait aussi l'option de faire fortune pour rembourser toutes ses dettes terrestres.

Peu importe la taille et la dimension de son aventure à parcourir avant de lui revenir, l'essentiel est que la mémoire et l'âme de son enfant repose en paix. Cette logique loin d'être revancharde n'est possible que l'auteur du forfait soit mis à mort.

Plus loin, il intime à Gnoumankê de revenir le plus tôt possible auquel cas, il lui rappelle avoir d'autres procédures pour le mettre à mort de gré ou de force d'une manière la plus atroce possible. Une méthode de punition qu'aucune personne sur cette terre ne peut freiner une fois entamée. Sans avoir été épouvanté par ces menaces ni se récusé de quoi que ce soit il s'en remit. Ainsi, Gnoumankê, supplia davantage pour que l'on lui concède un temps relatif à une année de marche à pieds. Djougoukê, assis de côté comme un spectateur muet, revint aggraver la situation en laissant entendre que le retour ne sera pas sur encore imminent.

Cette déclaration réveilla à nouveau le courroux du farfadet qui secoua l'espace avec un tremblement terrifiant. La peur panique s'augmenta et atteint un paroxysme chez Djougoukê qui pensait aggraver la situation de Gnoumankê.

Le retour du revers changea subitement son humeur. Indirectement, il voyait venir également sur lui-même la foudre. De son bon sens, Gnoumankê, d'un ton doux et apaisant réussi à calmer à nouveau l'ardeur du lutin. Ce dernier n'abdiqua pas à sa décision d'utiliser sa mort pour apaiser l'esprit du défunt.

Une saison de paix

Finalement, un temps fut arrêté de façon consensuelle pour que Gnoumakê revienne sur ce même lieu pour répondre à cette attente aussi ignominieuse. Tous étaient convaincus d'une chose indiscutable. Advienne que pourra, la mort est universelle et s'allie de tout temps au destin de tout être humain.

Gnoumankê le reconnait et soutient en ses termes qu'il le tue ou non, un jour arrive et est devant lui où il ne pourra échapper à la mort. Ainsi respecter son engagement n'est point signe de faiblesse ni de peur mais honorer la probité devant toute promesse. L'homme a toujours sollicité dans sa prière une meilleure fin, mais consciemment souhaite toujours que cette fin reste toujours dans le futur.

Tous ces percepts ne sont dits que pour se consoler marmonnait djougoukê. Que dire des immortels qui n'ont jamais compté, ni pensé un instant à la venue de cette fin fatidique qu'est la mort. D'ailleurs, s'il ne tenait qu'à lui, mentir ici pour sauver sa tête sied mieux comme une ruse pour lui échapper.

Peu après la fin de ce scénario digne d'un cauchemar, Djougoukê et Gnoumankê se réveillèrent instinctivement. Très légers et bien détendus, ils décidèrent de reprendre à nouveau le chemin.

L'organisme humain mais surtout l'appareil digestif, parfois oublieux ignore toujours avoir hébergé un repas quelconque peu importe sa qualité et sa quantité sur un long temps. Devant les remords de la faim et ou les supplices de la soif une revendication physiologique selon son gré allait et venait de manière récurrente.

Les deux accompagnants apparemment belligérants, lancement à se méfier l'un de l'autre. Cette soif n'empêcha point leur randonnée la marche reprit de mieux en mieux avec à l'esprit un probable changement favorable vers cette destination inconnue.

Loin et encore très loin Doujgoukê se mit à piloter la barque à sa guise. La pitance de son confrère s'est épuisée totalement faisant en sorte qu'il espère être soutenu par celui-ci. Il se mit à le supplier contrairement au premier contact. Le poids de la faim et de la soif se faisait de plus en plus lourd.

Une saison de paix

N'en pouvant plus, Gnoumankê s'affala pas très loin d'un arbre tutélaire. Quelques minutes après, il rassembla ses dernières énergies pour y arriver. Il rattrapa Djougoukê qui revint sur ses conditions à remplir avant de lui tendre sa gourde d'eau et une boule de tartelette.

La première condition est de lui permettre de trancher ses deux membres dont une jambe gauche et une main droite. Très scandalisé devant de tels propos, il n'y croyait point. Pour avoir partagé toute sa pitance avec Djougoukê sans aucune condition, il se demandait bien la véritable raison d'une telle attitude.

Du fond du cœur, il se projetait la nature très versatile de l'humain. L'ingratitude a toujours séjourné dans le profil social cependant une exagération de la sorte ne faisait que le torture davantage. Gnoumakê en si peu de temps venait de faire allégeance à un lutin. Si la période prévue avait été transcendée il pourrait lier cette attitude de Djougoukê à la sanction distale. Cette imagination se fit en un quart de réflexion avant sa décision. Il savait que la suite réservée à cette fâcheuse décision se terminerait forcement par la mort.

Qu'il ait accepter ou non, la faim comme la soif pourraient le torturer à mort. Sous une autre facette, la sentence de son confrère serait également une blague. A cet effet, tout refus pourrait le compromettre. Sous cette conviction que la proposition est loin d'une réalité à appliquer et devenu un sujet, Gnoumankê se décida.

Sans aucune hésitation, Djougoumankê sortit son épée sous des incantations sordides trancha les deux membres de son frère de route avant de lui tendre la gourde d'eau. Sous la douleur celui-ci se mit à crier sans aucune alternative. Au moment où cette douleur aussi atroce était en train de manœuvrer le pauvre, son compagnon s'en alla le laisser seul sous cet arbre tutélaire.

Pour lui confirmer son départ, il lui rappela le rendez-vous du lutin ou lui seul était attendu. Il se mit en route en se moquant de son confrère sur le sens de la bonté et de la méchanceté. Etre bon est bien mais être méchant est encore meilleur dans son esprit. Convaincu que toute la récompense qu'il a offerte en réponse aux bienfaits de son compagnon devient légion entre humains.

S'il arrive de vouloir devenir bon ou mauvais ceci est seulement un choix sans aucune conséquence. Selon Djougoukê, toutes les créatures du monde animée ou inanimée sont de deux ordres. Le monde a été construit par deux sexes, le féminin et le masculin. Par ailleurs le jour et la nuit, le ciel et la terre sans exclure la terre ferme et l'océan.

Chacune de ces créatures ont toujours animé le reste est un jugement de valeur. Chemin faisant il se demandait si son compagnon n'avait pas déjà traversé la frontière terrestre pour se retrouver à cet instant devant ses mânes. Ceux-là qui l'avaient éduqué de la sorte à faire rien que du bien confirmeraient à l'au-delà ce que vaut un méchant.

Devenu estropié Gnoumankê sous le poids de sa douleur ne faisait que gémir. Sans aucun secours, il ne savait comment parvenir à ce morceau de galette. La faim ni la soif n'avait aucune emprise sur lui comme la situation aussi horrible que venait de lui édictée son condisciple. Il s'en remit à Dieu.

Plus de question, il était convaincu d'une chose. Il attendait inlassablement ce jour fatidique pour se sentir réellement soulagé. Lamentation après lamentation de plus en plus bruyant, il se trouva évanoui et devint mis conscient. Dans un état aussi délabré qu'inutilisable, il se demandai de la suite réservée à un si méchant qu'austère.

Si un jour, du jugement dernier, il avait l'occasion de se retrouver devant lui, la sanction serait certainement le pardon. La nature du bon ne saurait être dénaturée par un quelconque inculte. Certainement qu'il parviendrait à façonner l'univers en un monde si paisible qu'y vivre serait prétexter l'oasis paradisiaque tant loué.

Derrière son idée, il n'oubliait point la promesse faite au génie. Il se résolu à une chose sans aucune issue pour lui, déjà à l'orée de la tombe, la chance ou l'opportunité pour qu'ils se retrouvent deviendrait et mince que réaliste. N'en tienne qu'à cette infirmité car la finalité d'une part et d'autre était la mort. Cette réflexion se poursuivie et animée par une succession de pardon vis-à-vis de tous ceux qu'il aurait offensés durant son séjour sur terre.

Perdu dans ce silence, arrive le tour du pèlerinage saisonnier de toutes les espèces des oiseaux du monde. Tous, se déposait sur les branches du gros arbre tutélaire. Des milliers qu'ils étaient, chacun d'entre eux connaissait sa place et sa mission au cours de ce pèlerinage. Le dernier à arriver était *le patriarche des oiseaux du monde qu'était le vautour. Avec à ses côtés le héron et le colibri, une concertation rapportait la présence d'un humain sous l'arbre. Les tisserins envoyés pour constater l'état de cette présence avant d'entamer les échanges.*

Ces derniers messagers revinrent confirmer qu'il s'agissait d'un corps inerte sans aucun souffle de vie. Bien que toujours frais et loin d'une putréfaction, ce corps reste une proie de réserve pour le charognard. Silencieusement comblé, il s'abstint davantage de l'avouer avant d'autoriser et d'introduire l'objet des entrevues.

Comme cela se faisait habituellement, un de ces oiseaux notamment le corbeau rapportait que tout le paysage était sans aucune crainte qui puisse entraver le rite. En dehors des poches de témérité et d'une baisse contrastante de l'idéal pour un bon vivre parmi les humains, cet oiseau annonçait également la probabilité d'une menace dans un temps à court terme.

Rien qu'hier devant la marée des actes de provocation et les manœuvres enfantant les conflits., cette menace s'était déjà manifestée sous une autre forme dans une localité pas très loin et dans les environs. Terrée sous un mutisme expressif devant ce forage de déluge qui s'annonce, la communauté déprimée par les orages souffre fortement de ce cataclysme.

*Le patriarche fut ému de ce qu'il venait d'apprendre sur la physionomie du monde. Il s'interrogeait davantage. **Pour lui, quelque chose d'aussi inadmissible était d'entendre de tels agissements que ce monde jadis tant joyeux commence à amorcer** sur des ruelles et en fuite vers un néant plein de dédain. Pire il ne pouvait exclure les **affres du massacre des humains aux conséquences désastreuses,** la crise en cadence semant sur les cœurs désolation, rivalité et discrédits à tout vent.*

*Tandis qu'aucune espèce n'était à l'abri devant ce rideau de violence, **le patriarche des oiseaux confiât la contrainte au hibou. Aussi pacifiant de par son charisme, il était toujours sollicité comme un des meilleurs médiateurs devant les grands évènements. Certainement, qu'il seyait mieux de trouver ou proposer des solutions miracles à même de freiner la barbarie sinon créer un environnement serein pour les humains.***

Une saison de paix

Dans l'accoutrement qui est propre, et très honoré par un tel choix se tint hautement perché et fit face à l'auditoire. Il confirma la consonance sociale qui préoccupait tant et profusément le patriarche. Selon lui, le gouffre, fragilise certes les **humains mais que son poids sordide reviendrait paradoxalement à tous les oiseaux de la terre.**

Utiliser le présent pèlerinage annuel et saisonnier pour prêter au monde une discipline silencieuse et mystérieuse aiderait à sauvegarder l'écosystème et l'environnement relationnel dit-il. Le hibou poursuivit et laissa entendre les principales raisons de cette dérive qui continue d'irriguer et d'entretenir l'inquiétude.

Avant de proposer les recettes à même d'aider le monde à une stabilité équitable, il se résolu à tergiverser autour des principales motivations. Les hommes de plus en plus se sont retrouvés égarés par leur excès de raisonnement qui plonge le processus de paix dans l'impasse.

Autant ils sont de tailles différentes autant paraissent leurs ambitions. Sur la terre, ils ont décidé de créer un nouveau monde quotidiennement exposé aux tempêtes de naufrageuses. Outre la radicalisation et à rebours les dissonances, **la soif exagérée du bien matériel,** cristallise **et désoriente l'humain au point que sur terre se substitue progressivement à Dieu le grand souverain et créateur.**

Dans un cadre temporel réduit et **effiloché de toute part, le salut se trouve emballer dans un oubli de soi.** Au lieu de s'entraider, les moins idéologisés sont **basculés vers la déchéance d'une cohésion sociale faisant ainsi de l'homme, un loup pour l'homme.** Nés d'un exil forcé, **les utopistes d'oligarques exploiteurs** en pleine émergence **continuent de sucer le sang des innocents.**

L'inégalité de la répartition des richesses, le désir de paraitre, la vengeance mais aussi la jalousie, sont en train d'affecter l'univers. L'exode maladive et effrénée du jouvenceau en partance vers le nord, à la quête d'une aisance, vient relayer toute l'exposition aux dérives psychologiques qui vont et viennent dans tous les sens. **Désœuvrés, les plus freluquets, plutôt que de se soumettre à la clémence, l'intégrité prodigieuse et à la sûreté divine sombrent librement sous le** déclin et **la rituelle du vandalisme. Pire** dans l'arène, **le soleil salvateur devient un enfer qui détériore la verdure de** la paix provisoire **tant convoitée.** Devenu ainsi, un enjeu d'éclatement des familles, du monde, **l'écho des hécatombes tonnent toujours aux quatre**

points cardinaux fit le hibou avant l'annonce des alternatives. **Tout tremble et fait vaciller le globe.**

Jacques revint à Rhabi. Les choses évoluent à un rythme exponentiel. La situation de l'incivisme se repend au rythme d'une épidémie à EBOLA. De part et d'autre, les médisances, le vandalisme, la brutalité s'érigent en maître des lieux. Toutes ces nuisances de la discipline font le schéma vers une déchéance totale de ces vertus connus.

Sommes-nous devenus les prisonniers de notre propre éducation ou alors avons-nous perdu le bon repère ? La question traversait toutes les consciences au moment où un autre bruit se faisait entendre. En plein cœur de la ville l'ombre démoniaque à encore plané.

Au lieu de se trouver un refuge, la course effrénée de toute part s'orientait dans tous les sens à la quête d'un abri décent. Comme si tout le pays était attaqué par une force étrangère. Loin s'en faut, aux dires des gens qui venaient du grand marché, il s'agirait des terroristes. Pour l'instant le nombre des assaillants était méconnu.

A branle-bas, les forces de l'ordre sur pied de guerre se sont armées au mieux possible pour en venir à bout. De l'autre côté, les ondes médiatiques donnaient l'annonce que des forces étrangères seraient en route pour venir en découdre. Ces filets ou brèves confirmaient-elles, le manque de matériel dans les garnisons de nos forces de l'ordre ou alors annonçaient-elles autre chose ?

Depuis un certain temps, la sous-région fait l'objet d'attaque et la riposte n'a toujours été possible que grâce aux interventions étrangères. La chose ne fait que s'exacerber. Derrière la lucarne l'on apercevait, un groupe de personnes très curieuses qui attendaient craintivement au bord de la grande rue. Bien qu'étant loin, la rumeur parvenait et laissait entendre que tout se disait à ce niveau.

Il s'agirait selon ces derniers que les assaillants étaient des islamistes. Ceux-ci auraient prié dans la grande mosquée aux environs de l'immeuble criblé. La rumeur venait de toute part qu'ils auraient pris en otage des autorités dont ils avaient déjà le programme de leur réunion à ce lieu ci. L'espoir reposait sur l'extérieur qui tarde à arriver. En fin d'opération au nombre de six les assaillants n'étaient que des jeunes doper par une bande de narcotrafiquants.

Une saison de paix

Les conditions d'accès à ce réseau étaient simples et volontaristes. Etant donné le manque d'emploi, l'absence d'instruction civique, l'excès de l'oisiveté et la carence notoire du système éducatif, les jeunes étaient la cible privilégiée des terroristes.

Au lever du soleil, ceux-ci très patentés dans le trafic de ces produits hallucinogènes arpentent les sentiers pour séduire cette frange de jeunes. Au lieu de se soucier du devenir, s'adonnent aisément à la vindicte populaire créant ainsi méfiance et doute. Le creux du déluge se trouve de plus en plus approfondi devant chaque concession. L'incivisme commence à travestir le soleil couchant qui lègue en héritage le dédain.

Ceux–là qui prêchent la haine ne sont-ils pas loin sinon très loin d'une quelconque idéologie religieuse ? Ils n'ont défendu aucune congrégation, même sectaire. Ces maniaques ont besoin d'une assistance thérapeutique.

Tous les jeunes sont à risque pour peu de contact, ils sont tout de suite enrobés sous le couvent des vat- en guerre. Il est donc temps de relancer la quête d'une dignité et d'une sociabilité dynamique dont la porte d'entrée reste et demeure la précieuse instruction civique. N'empêche ! serait-ce de l'utopie ou une quelconque perdition d'avoir rêvé sur le probable venu de cette saison dite de paix ? Peu importe la main tendue pour forger l'unité de toutes les nations du monde est une intention nichée au cœur de tous à la seule différence que cette doléance demeure dans un silence fort mais expressif.

Une saison de paix

Made in the USA
Columbia, SC
09 December 2024

47792228R00109